József Budai

Die verheimlichte

Abstammung

Das deutsche Mädchen

© 2016 József Budai

Lektorat, Korrektorat: Daniela Hubrich
Übersetzung: Ildiko Muranyi

Verlag: tredition GmbH, Hamburg

ISBN 978-3-7323-4682-0 (Paperback)

Printed in Germany

József Budai

Die verheimlichte

Abstammung

Das deutsche Mädchen

Vielen Dank

dem Kistarcsaer Kulturverein für die zur

Veröffentlichung bestimmte Finanzhilfe

Vorwort

Nach ungefähren Schätzungen leben mehr als anderthalb Millionen Menschen in Europa, die nach dem II. Weltkrieg und ummitelbar danach geboren wurden, deren Väter deutscher Abstammung waren. Kinder von Frankreich bis Norwegen, überall, wo Nazi-Stiefel aufmarschierten.

Heute sind diese Kinder Großeltern. Es kommt noch immer vor, dass ihre Geheimnisse überraschend gelüftet werden.

Der Grund kann ein bloßer Zufall sein – aber, es kann auch sein, dass die Mutter diese Belastung in ihrer tiefsten Seele nicht mehr ertragen kann. Plötzlich vertraut sie alles aus ihrer Vergangenheit ihren Kindern an.

Können solche Geschehen verziehen werden?

Ist es besser, diese Geheimnisse zu erdulden und bis in alle Ewigkeit stumm zu bleiben, oder sollte man diese seelentötende Stille brechen?

Ich erzähle einen Fall, der sich in Ungarn ereignet hat. Es ist die Geschichte meiner eigenen Familie.

Wenn meine Story Ähnlichkeiten mit anderen aufweist, ist es purer Zufall. In Norwegen gibt es etliche Tausend Kinder mit deutscher Abstammung, aber in Ungarn wegen der damaligen politischen Lage noch um ein Vielfaches mehr.

Ich möchte mich dafür entschuldigen, wenn ich schon verheilte Narben ungewollt wieder aufreiße. Vielleicht wird Verzweiflung auftreten, aber wir müssen daran glauben, dass unser göttlicher Ursprung uns zur Vergebung und seelischen Ruhe führen kann!

Wie man weiß, sind seine Wege unergründlich...

Der Verfasser

Das deutsche Mädchen

Es war ein Nachmittag Ende Oktober. Man konnte nicht mehr bis zum „Pásztorhügel" sehen, wo der Wald anfängt. In der Mitte des Anstiegs, bei der Marienkapelle, waren noch an beiden Seiten der Straße sporadisch stehende Bäumen und Büsche wahrnehmbar. Ein dichter Nebel bedeckte das Gebiet. Es herrschte Stille und Ruhe in dem Dorf. Der Krieg schien von hier noch sehr weit weg zu sein. Für kurze Momente hatte man das täuschende Gefühl, er könnte nie bis hierher kommen, obwohl die älteren Männer schon eingezogen worden waren – einige an die Front, die anderen zur täglichen Arbeit, um die Schutzlinien zu bauen. Alle fühlten in ihrem Herzen, dass man dem Schlimmsten nicht ausweichen kann. Die Front wird das kleine, unbedeutende Dorf erbarmungslos erreichen. Danach wird die aus Erzählungen bekannte Zerstörung weiter nach Westen rasen. Die schlimmsten Nationalisten und Hungaristen haben auch eingesehen, dass keine Wunderwaffe die russischen Heere auf ihrem Weg aufhalten kann. Trotz allem sind sie dem Aufruf vom Kreisbeauftragten Bruder gefolgt und haben den mit der Jugendausbildung unter Zwang beauftragten Lehrer mit zehn bis zwölf 17jährigen Jungen zum Gemeindezentrum nach Szirák geschickt. Wer weiß, warum sie noch Hoffnung hatten?

Es war eine erbärmliche Szene, als sich die Kerle zitternd mit ihren „Paladinmützen" vor dem Rathaus sammelten, um dann zu Fuß zur gut 15 km entfernt liegenden Gemeindezentrale zu marschieren. Sie trotteten ganz langsam. Sie haben sich eher nur zögernd auf dem dreckigen, steinernen Weg geschleppt. Es wurde schnell dunkel. Nicht nur der grau bewölkte Himmel, sondern auch der immer dichter werdende Nebel hatte die Dämmerung beschleunigt und der rieselnde Regen hat es noch unangenehmer gemacht. Jetzt kamen die zur Zwangsarbeit verpflichteten Männer mit den Pferdekarren nach Hause. Sie hatten in dieser Zeit im Kreis Hatvan gearbeitet, um

Schützengräben auszuheben, Maschinengewehrnester zu bauen. Wie es für dieses Gelände am besten geeignet war. Die Feldjäger und Pioniere leiteten die Arbeit fachmännisch. Die Feldjäger mussten aufpassen. Es sah so aus, als ob sie es nicht freiwillig taten. Obwohl man sich freiwillig für diese Arbeit melden konnte. Damals waren die Schutzlinien von Hatvan weit gebaut. Nachdem diese Aufgabe auf freiwilliger Basis nicht zu leisten war, hat es der Gemeinderichter als Pflicht eingeführt. Diese Arbeit wurde von Männern erledigt, die dafür geeignet waren, die sowohl Kraft als auch einen Pferdekarren besaßen. Sie fuhren täglich raus und am Abend wieder zurück. Wenn die Pferdekarren das Dorf erreicht hatten, zerstreuten sie sich gleich. Während sie nach Hause eilten, verschluckte sie schnell der Nebel.

István N. war wegen seiner Krankheit für den Militärdienst ungeeignet. Deshalb blieb er zu Hause in seinem Dorf. Er wurde gelegentlich mit gemeinnützigen Aufgaben betraut. Er wohnte mit Ehefrau und Tochter im Haus einer seiner Schwestern. Seine Schwester Ilona diente als Köchin bei der Familie des Grafen Szechenyi in Aszód. Ihr Mann arbeitete auch dort als Hausdiener. Sie hielten sich dauerhaft in dem Schloss auf, da die Grafenfamilie in die Schweiz geflohen war. Nur eine ältere Verwandte war da geblieben. Das Bedienstetenehepaar hatte die Aufgabe, auf Hab und Gut aufzupassen. Ihr eigenes Haus stand in der Straße, neben der Kirche. Man musste hoch auf die Halde neben dem Pfarrhaus, Richtung Marienkapelle. Am Friedhof vorbei, auf halbem Weg zur Kapelle, lag das Haus von Ilona. Dort lebte István mit seiner Familie. Das Haus nebenan gehörte seiner jüngeren Schwester.

„Unsere Maris", wurde sie in der Familie genannt. Vor dem Krieg hatte sie mit ihrem Mann in Deutschland gearbeitet und von diesem Lohn haben sie das Haus gebaut. Ihr Ehemann, der „Erbe", musste wer weiß wie oft einmarschieren. Er war 1909 geboren. Er hatte seinen Militärdienst geleistet. Als das „Felvidék" (Slovakei) an Ungarn zurückgefallen war, war er regelmäßig einberufen worden. Sie hatten nur ein ruhiges Jahr gehabt, als sie in Deutschland an einem adeligen Hof gearbeitet hatten. Maris hatte prima gekocht, so wie alle

Frauen in der Familie N. Bald war sie die Köchin auf dem Bauernhof. Innerhalb eines Jahres hatten sie so viel verdient, dass sie in der Nachbarschaft der jüngeren Schwester Ilona Grund und Boden kaufen und ein Haus bauen konnten. Lajos kam oft tagelang vom Kartenspielen nicht nach Hause. Sie kamen trotzdem gut miteinander aus. Sie waren sehr traurig, weil sie kein Kind bekommen hatten. 15 Jahre waren vergangen und immer noch hatte sich kein Baby angekündigt. Sie waren deswegen sehr besorgt. Für die Frau war es fast unerträglich. Es ist eine Schande für eine Frau in einem Dorf!

„Du bist unfruchtbar!", hatte er oft besoffen gebrüllt, wenn er vom tagelangen Kartenspiel nach Hause gefunden hatte.

„Du kannst kein Kind machen!", gab sie zurück. Nur kurz, weil sie sofort verprügelt wurde. Danach war sie still. In solchen Fällen hatte ihr Mann auch den Hosengürtel zur Züchtigung seiner Frau benutzt. Auf dem Land war dies unter Eheleuten üblich.

Die meisten Männer haben wegen der Armut mit dem Trinken und Karten spielen angefangen. Am Sonntagnachmittag begannen die Spiele, sie dauerten oft mehrere Tage lang. Es fing im Herbst an, als das Wetter regnerisch wurde. Es gab noch keinen Frost, man konnte noch nicht Holz hacken. Außer der Kleinviehversorgung gab es kaum andere Beschäftigungen auf dem Hof. Sie haben sich zu viert in einem Haus zusammengetan und um Pfennige gespielt. Man konnte trotzdem ganz schön viel verlieren. Nebenbei tranken sie viel. Hier haben nur die Gastgeber gewonnen. Sie haben ihren Wein für gutes Geld an die Spieler verkauft. Es wurde reichlich getrunken.

István hatte gelegentlich auch teilgenommen. Seinen Schwager Lajos konnte keiner schlagen. Wie ich schon sagte, er konnte mehrere Tage von Zuhause fernbleiben. Er hat seine Verluste bei seiner Frau abgeprügelt.

Jetzt war Gott sei Dank Ruhe. Lajos war draußen an der russischen Front. Zuhause, im Dorf, passierte nichts. Sie haben nur aus dem Radio etwas über den Krieg gehört. Manchmal erhielten die Dörfler Nachricht über die Verletzung eines Frontdienstlers, oder es wurde über einen verschollenen Soldaten geredet. Wenn jemand verschwunden war, wurde die Familie benachrichtigt. So hatte man wenigstens Hoffnung. István ist doch angekommen! Er hat schon im Hof den märchenhaften Duft der Bohnensuppe mit geräucherter Haxe gerochen. Die Frauen besprachen täglich, was am nächsten Tag gekocht werden sollte. Man wusste den Tagesablauf auswendig – so sind die Arbeitstage der Frauen immer gleich abgelaufen. Als er in die Küche trat, flog ihre Tochter Ilonka sofort in seine Arme. Ihre wunderschönen goldenen Haare wehten ihr um die Schultern. Er bekam auf beide Wangen ein Küsschen. Danach ging er mit Ilonka auf seinen Armen zum Bänkchen.

Seine Schwester Maris stellte sofort einen großen Teller heiß dampfender Bohnensuppe mit einer frischen Scheibe Brot vor ihn. István hatte seine Hände in der Waschschüssel neben der Tür gewaschen. Er setzte seine Tochter neben sich, dann fing er an, gierig zu essen. Dieses Mal gab es zum Mittag das gleiche wie zum Abendessen, weil sie den ganzen Tag nicht daheim gewesen waren. Es gab ein Zwei-Gänge-Menü. Der zweite Gang bestand aus Mohnnudeln mit Honig. Das war seine Leibspeise. Sie wurden nicht aus fertigen Kipferln hergestellt, sondern sie waren richtig hausgemacht. Er aß sehr schnell und wurde richtig satt. Danach lehnte er sich an die Wand, drehte sich eine Zigarette und zündete sie an. Sie haben still da gesessen, als man plötzlich in der Ferne Motorengeräusche hörte. Sie drehten ihre Köpfe zur Tür. Das Geräusch wurde immer stärker. Es war zu hören, dass es Militärfahrzeuge waren. István ging langsam zur Tür und öffnete sie. Dieses Mal hörte man ganz deutlich, dass sich Lastwagen aus der hatvaner Richtung näherten. Die Warterei war erdrückend. Die kleine Flamme in der Petroleumlampe flackerte noch, vom Luftzug der geöffneten Tür.

Man sah noch die roten Silhouetten oben an der Decke von den Ringen und den Flammen von dem Eisernen Ofen.

Das Haus von Maris stand nebenan. Sie ging normalerweise durch die kleine Tür im Zaun nach Hause, so musste sie nicht auf die Straße hinaus.

Dieses Mal rührte sie sich nicht. Sie warteten.

„Bleib noch, Schwester!" sagte István beruhigend. „wir müssen erst wissen, was los ist." beendete er den Satz.

Sie wussten, dass die Soldaten hinter der Frontlinie einquartiert werden, wenn sie sich ausruhen müssen oder in Reserve sind.

Die Geschehnisse ereigneten sich schnell. Man konnte hören, wie ein Auto vor dem Haus hielt. Es war ein gepanzerter Geländewagen. Später wurde er Stammgast in diesem Haus. Bald wurde die Tür aufgerissen. Zwei deutsche Soldaten mit Stahlhelmen stellten sich mit Maschinengewehren an beide Seiten der Wand. In der Tür erschien ein hochgewachsener, fescher Offizier. „Guten Abend", sagte er, „wir beziehen hier Quartier.", und eilte nach rechts in die gute Stube. Ein Soldat hatte ihm die Tür geöffnet. Der Offizier drehte sich überrascht um, als Maris ihn in reiner deutscher Sprache grüßte.

„Guten Abend! Sprechen Sie Deutsch?", fragte er.

„Ja, ein wenig", sagte sie, schüchtern auf den Boden schauend. Der Offizier murmelte etwas und ging ins Zimmer. Maris folgte ihm mit dem Zündholz und machte das Licht an. Er kannte sich offensichtlich aus. Er nahm das erste Zimmer, welches der Bauer nur für Gäste vorgesehen hatte. Es war die „Gute Stube". Die Frauen sind nur zum Lüften und Putzen hineingegangen. Ein Soldat mit Maschinengewehr folgte ihm. Man konnte die Befehle gut hören. Die Ausrüstung des Offiziers wurde hineingetragen. Bei den Nachbarn sind auch acht bis zehn Soldaten eingezogen. Dies hat im ganzen Dorf fast bis 22 Uhr gedauert. Danach wurde es still. Die Veränderungen wurden erst am nächsten Tag bemerkbar. In der Marienkapelle hatte sich die Luftwaffe einquartiert. In der Straße des Friedhofes fünfzig Meter vor der Kapelle, wo die Straße sich teilt, war ein Panzer mit Laub getarnt im Mais versteckt. Das Kanonenrohr zeigte Richtung Verseg-Hatvan. Auf dem Hof, am Anfang der Straße neben dem Pfarrhaus, standen riesige Lastwagen mit Benzinfässern beladen. Gegenüber der Schule wurde das Lazarett eingerichtet.

Der Platz war als Aufnahmestelle für die Reservisten der deutschen Truppen eingerichtet. Die sollten Hatvan schützen. Später war im Dorf Ruhe eingekehrt. Die Soldaten ruhten sich aus und bereiteten sich auf den nächsten Kampf vor. Es passierte meist am Nachmittag, dass die hier wartenden Reservisten an die Front befohlen wurden. Ihre Aufgabe war es, die Russen zurückzuhalten, bevor sie Verstärkung erhielten. Die Kämpfe wurden meistens vor Mitternacht beendet. Die Soldaten kamen dreckig und müde nach Hause. Sie zogen nur die Stiefel aus und fielen auf ihren Strohsäcken sofort in einen tiefen Schlaf. Am nächsten Morgen ging alles wieder von vorne los. Im Hof von Familie N. wurde die Lagerküche aufgestellt. Kanonensuppen haben sie mit gepanzertem Wagen in das Lagerhospital geliefert. Die Front erreichte bald Hatvan und man hörte die Kampfgeräusche in dem Dorf auch immer öfter. Die Explosionen dauerten stundenlang.

Der Krieg war angekommen! Die winzige Siedlung wurde gnadenlos erreicht. Man konnte sich nirgendwo verstecken. Bis Mitte November konnte man täglich das Summen der russischen Kampfflieger hören. Die Bomben fielen kreischend, danach hörte man die Explosionen.

Hatvan wurde schonungslos bombardiert. Erst der Bahnhof und dann seine Umgebung. István N. hatte Glück: Seit die Front näher gekommen war, wurde er nicht mehr zur gemeinnützigen Arbeit einberufen. Die Anderen auch nicht. Nur sporadisch, und bald gar nicht mehr. Man konnte sich wegen der Militärfahrzeuge nicht frei bewegen. Die Soldaten steuerten überall den Verkehr. Die Kriegsausrüstungen wurden per Zug zum Balassagyarmat – Vác-csa geliefert. Der deutsche Schwadronenkommandant, der bei Familie N. wohnte, besaß trotz seines jungen Alters – er wurde auf ungefähr 26 Jahre geschätzt – einen hohen Dienstgrad.

Zwei der auf dem Hof wohnenden Soldaten hielten sich immer bei dem Offizier auf, um auf seine Befehle zu warten. Einer hielt seine Kleidung in Ordnung, der andere rasierte ihn. Diese Dinge übten auf die kleine Ilonka eine große Wirkung aus. Immer, wenn der Offizier die Kleine traf, hob er sie gleich hoch. Sie roch seinen feinen Duft. Es war anders als bei ihrem Vater. Ein armer Bauer konnte sich nur ein billiges Gesichtswasser leisten, wenn überhaupt. Sonst reichte es nur für Alaun. Sie bekam von dem Offizier oft Bussi, Schokolade oder feines Parfüm. Maris N. blühte zu dieser Zeit richtig auf, sie kochte mehr und feiner als sonst. Es schmeckte dem Offizier sichtbar besser als das, was die Soldaten zubereiteten. Die Frau war oft bei dem Offizier. Es fiel nicht auf, weil sie die Einzige war, die sich gut auf Deutsch verständigen konnte. Ihr Haus war auch mit Soldaten belagert, so hielt sie sich oft hier auf. Sie alle schliefen in dem hinteren Zimmer. Ihr Bruder und seine Frau mit der Tochter Ilonka. Maris sprach oft mit den Soldaten. Sie erkundigte sich über den Offizier. Die Soldaten hatten offensichtlich mehr Angst als Respekt vor dem Offizier. Es machte natürlich viel aus, dass an seinem Hals ein Eisernes Kreuz hing! Das Eiserne Kreuz löste Ehrfurcht und Bewunderung aus. Mancher junge Soldat, der ihn auf dem Hof erblickte, ergriff sofort die Flucht. Sie fürchteten ihn. Er war kein gewöhnlicher Mensch, er hatte einen strengen Blick. Seine Gesichtszüge wurden erst weich, wenn er das kleine Mädchen erblickte. Dann schmunzelte er. Neben seinem Mund hatte sich ein kleines Grübchen gebildet. Er war ein schöner Mann. Die Soldaten flüsterten Maris mit Bewunderung zu: „Der Fabrikant, der Sohn des Fabrikanten!"

Maris hatte schon seit Monaten keinen Brief mehr bekommen. Sie hatte von ihrem Mann keinerlei Nachricht. Die früher auch nur sporadisch angekommenen Grußkarten waren ganz ausgeblieben. Der Krieg hatte das Dorf überwältigt. Es war eine Art Gefangenschaft. Eines Tages kam eine unerwartete Nachricht. Sie erregte die Gemüter der Dorfbewohner. Die Jugend, die zum Gemeindezentrum kommandiert worden war, kam nach Hause. Man konnte nicht ahnen, was man mit ihnen geplant hatte. Sie hatten noch keine militärische Ausbildung erhalten. Sie hatten nur Gewehrübungen gemacht. Einige hatten eine Pistole besessen, aber die Klügeren hatten sie weggeworfen oder gut versteckt. Die Leute redeten darüber, dass die Deutschen Hatvan bald aufgeben würden. Es passierte etwas Unmögliches: russische Kampfflieger erschienen über den Häusern. Sie bombardierten und beschossen alles, wohinter sie militärische Ziele vermuteten.

Im Dorf gab es keinen Schutzkeller. Während eines Angriffs rückten die Menschen in einer Ecke zusammen. Manche krochen in Kartoffelgruben. Weinkeller gab's nur bei den reichen Bauern. Die Soldaten warteten nur auf den Befehl, das Dorf verlassen zu dürfen. Ende November fuhren die sich zurück ziehenden Kampfwagen durch das Dorf. Die Schwerverletzten wurden aus der Schule abtransportiert.

Nur die Bindestelle ist geblieben. Die Richtung war Erdőkür-Acsa-Vác.

Mit Waggons wurden sie nach Dunántúl befördert. Die Soldaten sind von Frau N. auch weg. Auch die Feldküche wurde abgebaut. Alle marschierten nachVác. Auch der Schwadronkommandant verließ die gute Stube.

Natürlich war der Krieg damit noch nicht zu Ende. Für das Dorf ging es weiter. Neue Soldaten kamen. Sie leisteten Schutz gegen die Russen und sicherten den Weg für die Hauptkräfte.

Die Bewohner des Dorfes lebten ihr tägliches Leben weiter. Sie fütterten das Vieh und versteckten sich vor den Kampfflugzeugen. Abends bekamen die Kühe Stroh, aber Milch konnten sie nicht mehr geben. Milch wurde zuhause zu Dickmilch oder Käse verarbeitet. Aber die armen Leute besaßen keine Kühe, nur Ziegen oder ein paar Schweine. Weihnachten durften die Knechte auch ein Schwein schlachten. So wurde es Dezember.

Auch die letzten deutschen Soldaten waren geflüchtet. Hatvan war zerstört.

Die Russen kamen!

Sie haben die Schilde nach Hatvan eingestellt, aber sie fuhren nach Vác.

Am Nikolaustag waren die Russen da. Sie durchsuchten alle Häuser nach Deutschen.

Aber die waren schon sehr weit weg.

Es geschah etwas, das das ganze Dorf erschütterte.

Die Jungs sind mit ihrem Lehrer, Herrn Provasnik, nach Hause zurückgekehrt. Die Freude im Dorf war groß. Sie bekamen Unterkunft im Schloss. In Szirák warteten sie auf neue Befehle. Sie taten es umsonst, denn die Gemeinde konnte sie nicht versorgen. Sie schickten sie nach Hause. Sie kamen nach Kálló oder in andere Gemeinden.

Das Leben der Jungen hing davon ab, wie gutmütig der jeweiligen Notar war.

Dieses Mal geschah eine unerwartete Tragödie. Das ganze Dorf war geschockt.

Pityu N. hatte eine Pistole in seiner Hosentasche. Auch er kam nach Hause. Das traurige Ereignis geschah auf dem Pást. Der Pást lag auf der Halde, gegenüber der Schule. Dort war das Kriegshospital eingerichtet. Er wohnte mit seinen Eltern am Rand des Dorfes. Seine Schwester Magdi wurde wegen des Krieges schon nach Hause geschickt, sie wurde aus der Schule beurlaubt. Beide wollten gemeinsam die Oma besuchen. Am Vormittag geschah es. Ein Russe wurde auf die Paladinmütze aufmerksam. Er richtete sein Maschinengewehr auf die Kinder und durchsuchte den Jungen. In seiner Hosentasche war die Pistole.

„Deutscher Soldat" brüllte er.

Er schubste die verängstigten Kinder in einen Strohballen. Was in diesem Moment passierte, hat niemand gesehen. Ein Schuss donnerte los!

Die, die später hingingen, fanden nur den blutenden Körper des Jungen.

Seine Schwester rannte erschrocken, kopflos nach Hause. Sie war so schockiert, dass sie ein paar Minuten lang nicht sprechen konnte. Sie schnappte nur nach Luft. Es dauerte eine Weile, bis sie den Eltern erzählen konnte, was passiert war. Aber da wusste sie noch nicht, dass man ihren Bruder getötet hatte. Beim Wegrennen hatte ihr Herz vor Angst so laut geschlagen, dass sie den Schuss gar nicht gehört hatte. Der Russe hat ihrem Bruder in den Kopf geschossen.

In der gleichen Umgebung sind 40 deutsche Soldaten gefallen. Der Junge wurde mit ihnen beerdigt. Der Fall war erschütternd, aber es gab noch andere schreckliche Dinge.

Beim Einmarsch der Russen zogen die donnerden Kriegswagen entlang der Straße, in Richtung Vác. Deutsche Soldaten waren hinten an den Panzern festgemacht. So wie Kühe hinten an Pferdekarren. Sie waren an der Taille mit einem Seil angebunden und mussten in dem schlammigen Dreck laufen. Einer konnte das Tempo nicht halten und fiel um. Der Panzer rannte mit der Leihe an seinem Weg. Die anderen zwei Unglücklichen mussten noch neben ihm weiter laufen!

Die Bewohner haben diese Szene hinter ihren Fenstern versteckt beobachtet und weiter erzählt. Es geschah vor dem „Reiner Gemischtwaren". Dort, wo der Weg eine Kurve nimmt, sind es noch gut 200 m bis zur Schule. Dort war die Erstehilfe-Stelle für die Deutschen eingerichtet. Gegenüber der Schule führt die Straße hinunter in die „Lajos Kossuth", Hauptstraße. Daneben fließt ein kleiner Bach. Die Brücke darüber führt nach Erdőtarcsa. Hinten befand sich ein Fußballplatz.

An der rechten Seite des Weges ist die Wiese des Pfarrers. Das Rathaus steht hinter der Brücke und auch die Wohnung des Notars. Weiter entfernt befindet sich die Dienstwohnung des Dorflehrers. Das Haus heisst „Provaznik", weil der Lehrer Tibor Provaznik hieß. Seine Schüler waren die jungen Soldaten, die vor dem Krieg von Szirák entfliehen konnten. Nach der Lehrerswohnung kam die Apotheke. Danach führt der Weg nach links, einige Hundert Meter weiter nach rechts und dann haben wir die Brücke des Vanyarc Baches erreicht. Dort gibt es eine Quelle. Die Bewohner meinen, sie habe heilende Kraft. Mein Opa hat nur das Quellwasser getrunken, natürlich nur neben seinem selbst gemachten Rotwein. Der parallel zum Erdőkürt verlaufende Weg zur Tabán führt ins Apfeltal. Der Opa und wir haben auch dort in dem Taban gewohnt. Opas Haus ist ein Eckhaus. Daneben liegt die Strasse zur „Zigeunerhalde". Ein Kruzifix mit einem kleinen Christus steht vor dem Haus. Man nannte es das „Christuslein". Der Gemüsegarten des Dorfes, der sogenannte Kohlgarten, befand sich hinter dem Taban am Dorfrand. Auch nach dem Krieg wurde er noch lange genutzt. Rechts befindet sich wieder ein Bach. Er floss sehr langsam und diente zum Gießen des Gemüses, damit es nicht ausgetrocknete.

Nach diesen Beschreibungen fahren wir jetzt mit den Erreignissen fort.

Zwei deutsche Soldaten brachten zwei Verletzte von Erdőtarcsa mit. Sie fuhren mit einer Pferdekutsche unter der weißen Flagge des Roten Kreuzes in den Hof hinein. Als sie merkten, dass keine Deutschen mehr da waren, versuchten sie, in das Taban zu fliehen. Sie hatten aber keine Zeit gehabt, um mit der Kutsche in der Kurve zu wenden. Ein russisches Maschinengewehr beendete ihr Leben. Die zwei Sanitäter und die zwei Verletzten waren auf der Stelle tot. Die Bauern fanden bei ihnen keine Gewehre. Solche Fällen zeigen das wahre Gesicht des Krieges. Die Gnadenlosigkeit der Menschen. Den unsinnigen Tod!

Bei der Frau István N. gab es eine Riesenfreude! Die jüngere Schwester, die Maris, war schwanger. Man erzählte, dass ihr Ehemann Lajos D. nach Hause gekommen war. Seit Januar war er an der russischen Front. Davon kommandierte man ihn ab zum Dunantúl, sodass er kurz Urlaub nehmen konnte. In dieser Nacht entstand die so lang erwartete Schwangerschaft. Frau und Mann haben sich seit 15 Jahren danach gesehnt. Maria war sehr froh. Sie war klein, sehr nett. Jetzt wurde sie noch schöner. Sie schonte sich, so gut es nur ging. Sie wollte das Baby auf keinen Fall verlieren. Die Front zog weiter. Das Leben kehrte ins Dorf zurück, alles war wieder beim Alten. Es wurde richtig Winter. Die Männer mussten im Wald Holz hauen. Die Frauen waren im Haus beschäftigt. Die Zeit verstrich und es wurde wieder Frühling. Am ersten Mai ging der Krieg zu Ende. Wir schrieben das Jahr 1945.

Es passierte wirklich gar nichts. Die Männer kehrten von Front heim. Die Glücklichen waren der Gefangenschaft entkommen. Der Mehrzahl war leider gefallen. Andere litten in Gefangenschaft. Die, die in russischer Gefangenschaft waren, waren glücklich, wenn sie überhaupt am Leben blieben.

Am 30. Juli wurde die Tochter von Maria geboren. Sie bekam den Namen Maria Elisabeth. Ihr Vater war in Gefangenschaft. Zum Glück bei den Engländern, leider mit einer schweren Magenkrankheit. Die Paten des Mädchens waren die ältere Schwester von Maria und ihr Ehemann. Sie arbeiteten im Schloss des Grafen Szechenyi. Der Mann hieß János K.

Marika D.war ein wunderschönes Baby. Sie hatte schwarze Haare und schwarze glühende Augen – wie man bei uns sagt. Die Mutter kleidete sie sehr schön, wie eine Prinzessin. Tante Maris, die Mutter des armen „Ignáz", N. Pityu, den der Russe erschossen hatte, hatte die schönsten französischen Strampler samt Jäckchen und Röckchen genäht. Das Baby lag noch in den Windeln, aber die Mutter hatte schon für die Kleidung vorgesorgt. Der 6. Oktober war in der Familie ein großer Tag. Der Vater Lajos D. kehrte aus der Gefangenschaft nach Hause zurück. Er war sehr krank. Als er in das Dorf kam, saßen die alten Weiber auf der Bank und verbitterten ihn.

Lajos begrüßte sie.

„Grüß Gott!", sagte er, und nannte die Frauen bei ihrem Namen, eine nach der anderen.

„Gibt es Neuigkeiten im Dorf?", fragte er.

„Es gibt welche!", sagte eine wortwörtlich: „Deine Frau, die Maris, hat ein kleines deutschen Kerlchen". (Die Frau war eine giftige Klatschtante)

Lajos war sicherlich überrascht, aber er zeigte es nicht. Er ließ sich Zeit, bis es wieder still war.

„Nein, kein Kerlchen, Tante, es ist mein Kind!"

Er beeilte sich. Er fiel fast mit der Tür ins Haus. Er sah nicht seine Frau an - nur die Wiege mit dem wunderschönen Mädchen, der Marika. Er nahm das Baby, das schon 3 Monate alt war, aus der Wiege, legte sie in seine Arme und küsste sie. Das Baby hatte süß geschlafen, wie war nicht einmal aufgewacht und schlief einfach weiter; sie hat nicht gemerkt, dass sie nicht in den Armen ihrer Mutter lag. Lajos legte sie behutsam zurück und drehte sich dann zu seiner

Frau. Sie lehnte am Schrank. Der Mann breitete seine Armen aus und umarmte die laut weinende Frau.

„Es wird alles gut!" – beruhigte er seine Frau.

„Es gibt kein Problem, ich bin wieder da, meine Liebe."

„No, no mein Täubchen" sagte er und streichelte ihre Schulter, damit sie sich beruhigen sollte.

„Frau! Es ist ein Mädchen! Weißt Du, was für eine große Freude das ist? Ich wollte immer ein Mädchen haben", begeisterte er sich.

„Ja, ein Mädchen, Marika.", sagte die Frau. Sie wollte noch etwas sagen, aber der Mann legte ihr seinen Zeigefinger auf den Mund.

„Pst!" sagte er. Er wischte das Geheimnis für immer weg – als gäbe es keines.

„Ich bin daheim!", sagte er laut. Er hob seine Frau hoch und tanzte mit ihr durch das Zimmer.

Er lachte und wollte nicht daran denken, was das giftige alte Weib gesagt hatte. Die Freude war so riesig, er ließ sie sich nicht verderben. Er freute sich sehr über das kleine Mädchen.

Die Frau beruhigte sich auch und hörte auf zu weinen; sie lächelte sogar ein wenig. Der Mann küsste sie auf den Mund und presste sie fest an sich. Die Frau war überrascht, er küsste sie wie damals, als sie frisch verheiratet waren. Als er sich damals ununterbrochen vergeblich nach einem Kind gesehnt hatte, hatte er sich sehr verändert. Er wurde sogar grob. Danach fing er an zu trinken und Karten zu spielen und er verprügelte seine Frau oft. Jetzt, aus der Gefangenschaft zurück, war er so wie am Anfang ihrer Ehe. Aufmerksam und zärtlich. Er vergötterte die Kleine und war sehr stolz. Er nannte sie Diamant, Sternchen und Prinzessin.

In dieser Zeit fühlte er sich leider wegen seines Magens immer sehr krank. Er ging regelmäßig zum Arzt, nahm Medikamente. Seine Frau kochte Diät. Aber im Winter ist es schwer, die richtigen Lebensmittel zu kaufen. Obwohl Maris eine hervorragende Köchin war. Das hatte sie auch in Deutschland gelernt. Dieses Mal hat sie aber Sorgen gehabt mit dem außerordentlichen Diätprogramm. Sie tat alles, damit ihr Mann wieder gesund wurde. Lajos war sehr schlank und eher klein. Die feine Kost zuhause nach der Gefangenschaft schmeckte ihm gut und stellte ihn wieder auf die Beine. Er war nicht mehr nur Haut und Knochen.

Es kam der Frühling 1946. Die kleine Marika entwickelte sich sehr schnell. Mit nicht einmal 6 Monaten stand sie auf eigenen Beinen und mit 9 Monaten lief sie ohne Hilfe.

Der Monat Mai wurde für die Familie tragisch. Lajos wurde nach der Besserung wieder krank. Marika hatte Fieber, ihr Körper glühte. Es musste sofort jemand in die Apotheke laufen. Lajos ging es sehr schlecht, er war sehr schwach, zögerte aber trotzdem nicht. Er nahm sein Fahrrad. Bis Aszód waren es 16 km. Nicht weit für heutige Verhältnisse, aber damals waren die Wege in einem schrecklichen Zustand, wie Feldwege. Es gab Strecken, auf denen man das Fahrrad nur schieben konnte. Dann ging es eine Halde nach Verseg hinunter, aber am Ende des Dorfes musste man wieder bergauf fahren. Danach kam eine schöne gerade Strecke. Man hätte sich bei einer Fahrradtour darüber riesig gefreut, aber hier trat ein verzweifelter Vater wie verrückt die Pedale um sein krankes Kind. Er bog nach links ab und erreichte Fenyőharaszt-Hatvan. Danach kam Magyalospuszta, und dann steil bergab Szélkút, bis zum Seitenbrunnen. Dieser Brunnen versorgte das Schloss in Kartal mit Trinkwasser. Danach folgte wieder ein steiler Weg bis zum Schloss Kiskartal. Von hier konnte man schon ziemlich gut weiter fahren, durch das 4 km lange Kartal. Der ist nach einigen Hundert Metern in Aszód bei der Militärkaserne. Noch eine lange Strecke bis zur Apotheke.

Zum Glück bekam Lajos alle Medikamente. Es ging schnell. Seine Schwägerin wohnte in der Nähe und er ging zu ihr. Das Haus stand in der Nähe von Schloss Szechenyi. Der Mann war leichenblass vor Erschöpfung. Er schob sein Fahrrad und erreichte so das Haus der Schwägerin. Ilona war daheim. Sie packte den schwachen Mann sofort ins Bett. Sie sah, dass es ihm sehr schlecht ging.

„Ich will nach Hause, meine Marika braucht das Medikament.", sagte Lajos sofort.

„Es ist eilig", sagte er leise, auf der Pritsche in der Küche liegend.

„Alles wird gut!" sagte János, der Mann von Ilona.

Er ging zum Nachbarn. Der hatte eine Pferdekarre. Er bat ihn, seinen schwer kranken Schwager nach Hause, nach Kállo zu bringen. János und seine Frau hatten ein ziemlich hohes Ansehen wegen ihrer Stelle beim Grafen. Sie legten Stroh auf die Karre, deckten eine Decke darüber und betteten den unbeholfenen Kranken mit seinem Fahrrad darauf. So kutschierte der Nachbar ohne Widerworte sofort nach Kállo. Der Weg erschien Lajos endlos. Manchmal musste er wegen der Schmerzen leise stöhnen. Die Schmerzen hatten sich wegen des schlechten Weges noch verschlimmert. Erst am Abend kamen sie an. Maria lief verzweifelt zur Kutsche. Istvan und der Kutscher halfen ihm ins Haus und legten ihn sofort ins Bett. Seine Frau zog ihm die Stiefel aus, entkleidete ihn und deckte ihn schön zu. Erst danach begann sie, zu studieren, wie die Medikamente bei dem Kind angewendet werden mussten. Sie holte einen Löffel und gab der in der Wiege liegenden Marika das Medikament. Istvan lief zum Arzt, der auch sofort kam und ihn gleich untersuchte.

„Frau D., Sie müssen stark sein! Ihr Mann ist in einem kritischen Zustand. Sie müssen sich auf das Schlimmste vorbereiten. Hier kann der Mensch nicht mehr helfen. Denken Sie an ihre Tochter. Bei ihr wirkt das Medikament sehr gut! Sie wird bald wieder laufen. Ihrem Mann kann nur der liebe Gott helfen."

Inzwischen hatte er seine Hände in der Waschschüssel gewaschen, die im Hof auf einem Holzstamm stand.

„Herr Doktor, und das Hospital?"

„Das ist nicht mehr nötig. Vielleicht, wenn er aus Aszód sofort ins Krankenhaus geliefert wäre", dabei trocknete er seine Hände.

„Gott schütze Sie!" Er wollte seine Unbeholfenheit verdecken. Er zog seinen Hut über die Augen und eilte hinaus aus dem Hof, hinaus auf die Straße... Die Frau hielt ihre Tränen zurück und ging wieder ins Haus. Am 18. Mai starb Lajos D. Er war 39 Jahre alt und konnte seinen vierzigsten Geburtstag nicht mehr erleben.

Marika war schnell wieder gesund. Nach zwei Tagen lief sie um den Sarg ihres Vaters herum. In dieser Zeit gab noch kein Leichenhaus auf dem Friedhof. Die Leichen wurden zu Hause in den Sarg gelegt, mit der Pferdekutsche zum Friedhof, zur letzten Ruhestätte, gebracht. So war es auch mit Lajos D. Er kam aus dem Krieg glücklich nach Hause, auch aus der englischen Gefangenschaft! Mit einer Kutsche wurde er auf seinem letzten Weg gefahren! Was für eine Ehre!

Für eine verwitwete Frau ist das Leben in einem Dorf verdammt schwer.

Sie hat paar Hold Acker zur Bearbeitung verpachtet. Das brachte ihr ein kleines Einkommen ein. Sie konnte in ihrem Garten Gemüse anbauen. Die Tochter bekam 10 Ft als Kriegswaise. Die Schwiegermutter war ihr die größte Hilfe, obwohl sie auch schon Witwe war. Sie galt in dem Dorf als wohlhabende Frau. Die Erboma hatte Felder und wohnte in einem schönen Haus auf dem Tabán. Die kleine Marika war ihre einzige Enkelin. Außer ihrem Sohn Lajos hatte sie noch eine Tochter gehabt. Die war früher, kinderlos, gestorben.

Tante Annus, so hieß sie, schenkte ihre ganze Liebe der Enkelin. Nach ihrem Tod erbte Marika Haus und Grund.

Aber wir wollen den Geschehnissen nicht vorauseilen. Seit dem Tod von Lajos D. waren 2 Jahre vergangen. Jetzt schreiben wir 1948. Die Gefangenen kamen einer nach dem anderen nach Hause. Alle waren bis zur Unkenntlichkeit abgemagert.

Man kann sich vorstellen, wenn ein junger Mann, 28-30 Jahre alt, 80 kg schwer, an die Front ging und nach 4 Jahren mit 46 kg nach Hause kam - sie waren nur noch Haut und Knochen. Es klingt unglaublich, aber man erzählte, dass die Jungs sogar vor ihrer Rückkehr etwas aufgepäppelt wurden. Das brachte meist nur 1-2 kg. Normale Speisen konnten sie nicht im Magen behalten. Diese Männer hatten nach 8-10 Stunden schwerer Arbeit nur Kraut oder Rübensuppe bekommen. Mit 4-6 dkg Brot. So kam auch Istvan B. an. Er war 1920 geboren, diente als Soldat in Jutas, in der Unteroffiziersausbildung. Danach kam er an die Front. Er hat die Hölle erlebt. An der russischen Front blieb er 3 Jahre lang. Er hieß B., aber seine Geschwister hießen T. Mit seiner Mutter wohnte er in einem langen Bauernhaus, neben

Istvan N., nicht weit vom Friedhof entfernt. Ihr Haus trennte nur ein schmaler Pfad von der Treppe des Friedhofes. Der Pfad führte zur „Zigeunerhalde". Diese Straße fang bei dem Christuslein an, dort, wo die Pást endete. Die Geschwister von István B., János, Béla, Margit erhielten den Namen T.

So nannte man Istvan B. inoffiziell automatisch „T", Kálló ist kein gewöhnlicher Ort. Viele seiner Bewohner haben die gleichen Namen. Kein Mensch kennt sich hier aus, außer denjenigen, die da hineingewachsen sind. Ihnen ist es selbstverständlich.

Der István B., „der Türk" sah sehr gut aus. Er war außerordentlich fleißig. Die Mädels waren verrückt nach ihm. Die Witwen auch. Er musste mit seinen Geschwistern vor dem Haus der junge Witwe von Lajos D. vorbei gehen, wenn sie neben der Marienkapelle zum Ecsken zum Holzhacken gingen. Ecsken ist der Name des Waldes, der hinter der Marienkapelle beginnt und mit dem Eichenwald zwischen Magyar Puszta und Kartal zusammengewachsen ist. Dieser Wald hat sich über das ganze Gebiet verbreitet und bis Vác alles bedeckt. Dem 28 jährigen István B. gefiel die schöne 37jährige Witwe mit dem diamantäugigen Töchterlein sehr gut. Es wäre schwer zu sagen, was ihn in die Arme der Witwe trieb. Vielleicht der Wunsch nach geiler sexueller Befriedigung; so etwas kann nur eine erfahrene Frau geben. Damals gab es keine Liebe vor der Ehe bei der Tochter aus einer konventionellen Familie. Bei Witwen und verheirateten Frauen war das anders.

Frau Maris konnte scheinbar etwas Besonderes, weil sie István B. mit Erfolg an sich gebunden hat. Sie war phantasiereich. Da gibt es zum Beispiel die folgende Geschichte: Sie forschte nach, wann Istvan B. Geburtstag hatte. Sie zog ihre kleine Tochter schön an und brachte ihr ein Gedicht bei, das sie auswendig vortragen konnte. Dann schickte sie die Kleine mit einem Blumenstrauß in der Hand zu Istvan. Er war so gerührt, dass ihm die Tränen in die Augen traten. Vielleicht hatte er Mitleid mit dem Kind und heiratete die Frau deshalb. Die heiratsfähigen Mädchen platzten fast vor Neid, alle wollten ihn zum Ehemann. Aber was noch auffallend war: die damalige

Witwe Maris hatte 15 Jahre lang auf ihr erstes Kind gewartet, jetzt kamen die Babys eins nach dem anderen. Das letzte war ein Junge mit Namen Gyula. In diesem Jahr 1956 war die Mutter schon 47 Jahre alt. Das erste hieß Piroska, dann kam István. Zu der Zeit war Marika 9-10 Jahre alt. Über die ersten zwei Geschwister hatte sie sich noch gefreut, aber die zwei danach waren ihr schon einfach zu viel. Die Kinder machten der heranwachsenden Marika viele Sorgen. Die Eltern bestellten die Felder und sie musste auf die Kleinen aufpassen. Eines Tages geschah beinahe etwas Schreckliches: Marika sollte das Kleine mit flüssigem Griesbrei aus der Flasche füttern. Niemand hatte ihr erklärt, dass man den Brei nur warm anbieten darf. Sie gab ihn dem Kleinen kalt, das daraufhin eine Magenschleimhautentzündung bekam, woran es fast verstarb. In dieser Zeit musste man den Herd sogar im Sommer heizen. Es gab weder Gas noch Mikrowelle. Der Herd wurde mit trockenen Maiskolben beheizt. Der Herd wurde Maschine oder Sparhelt – abgeleitet vom deutschen „Sparherd" – genannt und er heißt auch heute noch so. Das Mädchen hatte wegen des Kleinen zu viele Pflichten. Sie war klug, aber sie konnte nicht regelmäßig in die Schule gehen. So hat sie viel verpasst, was sie nicht nachholen konnte.

Mit neun Jahren musste sie im Sommer mit ihrem Vater aufs Feld gehen, um den Weizen zu binden. Mittags kam die Mutter, um sie abzulösen, aber dann musste sie wieder auf die Kinder Zuhause aufpassen. Außerdem hatte sie noch andere Aufgaben. Im Wald war die neue Plantage zu hacken. Sie musste mit helfen, weil nach ihr die Familie mehr Feuerholz bekommen hat. Der Vater schonte sich auch nicht. In der Früh ging er Holz hauen, aber um 7 Uhr war er schon wieder daheim, um Mörtel zu anmischen und Backsteine vorzubereiten für den Maurermeister, mit dem sie ihr Haus umgebaut haben. So ein Mensch war István B.

Von seinen Geschwistern wurde er oft bei der Waldarbeit geärgert. János, sein Spitzname war „Johann", sagte: „Du István! Ich würde ihr nicht mal trocken Brot geben". Er meinte Marika, die Waise. Solche Bemerkungen führten oft zu Prügeleien. Wenn István das Gespött nicht mehr ertragen konnte, schimpfte er auch mit seinen Brüdern. Aber nicht nur die Verwandten verspotteten ihn, sondern auch seine Mutter, die Frau „Türk", die Rosi.

Wenn sie an Marika vorbeikam, mehrmals täglich, sagte sie ihr immer ins Gesicht: „Deutsches Mädchen, deutsches Mädchen!" – so laut, dass das Mädchen es auch ganz sicher hörte. Sie trafen sich täglich auf dem Weg, den Marika in die Schule ging. Marika fragte zu Hause immer: „Was meint die Oma T. mit dem deutschen Mädchen?" Aber sie bekam keine ehrliche Antwort, nur Ausreden.

„Du hast es sicher nicht richtig verstanden" – obwohl Marika es jeden Tag hörte.

Wenn OmaT. ihre Enkel besuchte, brachte sie von allem 4 Stück mit: vier Hefezöpfe, vier Äpfel, selten vier Stück Schokolade. In sollchen Fällen versteckte sich das Mädchen und weinte. Einmal bemerkte ihr Stiefvater das und fragte: „Warum weinst du?"

Marika erzählte weinend, dass die Oma für die anderen immer etwas mitbrachte, sie aber noch nie etwas davon abbekommen hatte. Der Vater sagte zur Oma: „Mutter, wenn Sie kommen, geben sie allen Kinder etwas, oder bringen Sie gar nichts mehr mit." Ab dieser Zeit brachte sie offensichtlich nichts mehr mit. Doch in Wirklichkeit gab sie ihren Enkeln die Geschenke heimlich. Natürlich hat Marika das auch gemerkt, nur kümmerte es sie nicht mehr. Ihr Trost war, dass ihr Stiefvater zu ihr gehalten hatte.

Der Mann war sehr fleißig. Er kaufte auch das Haus, in dem der Bruder von Maria gelebt hatte. Das Haus gehörte eigentlich der in Aszód wohnenden Ilona. Sie bauten einen Flur, ein weiteres Zimmer und eine große, überdachte Terasse an. Das Haus wurde von einem traditionellen, langen Bauernhaus zu einem sogenannten Kreuzhaus mit großem Grundriss umgebaut. Das andere Haus behielten sie auch. Sie kauften immer mehr Felder an. Der Mann war einfach wunderbar. Er hatte Kraft für Zwei. Er brachte immer viel Geduld auf. Er war auch Mitglied des christlichen Religionsrates. Er hatte im Dorf Ansehen erlangt. Nie ging er in die Kneipe, nur in die Kirche. Neben den 5 Kindern hat er alles geschafft, weil er Tag und Nacht arbeitete.

Diese Behauptung kann man wortwörtlich verstehen. In seinem Hof stand das Feuerholz meterweise hoch, was er selber erarbeitet hatte. Das Holz brachte Geld. Aus den weitab liegenden Dörfern wie Aszód oder Kartal kamen die Kunden immer wieder, um Holz zu kaufen. Dann kam die Revolution 1956. Auch die Menschen in Kállo waren aktiv.

István B. war wegen seiner jutascher (das war die Unteroffiziers-ausbildung) Vergangenheit sehr angesehen. Die Menschen hörten auf ihn, er wurde geachtet. Auch, dass er Mitglied des Religionsrates war, spielte eine Rolle. Die Menschen begannen im Pfarrhaus mit der Organisationsarbeit. Er wurde sofort zum Revolutionskommissions-präsidenten gewählt. Seitdem liefen alle Fäden bei ihm zusammen. Er musste immer Rat geben, alles entscheiden. Er beruhigte auch die-jenigen, die die Kommunisten aufhängen wollten. Ein paar heiß-blütige Jungen beredeten Böses, sie wollten sofort abrechnen, etwas Unüberlegtes tun. Die Jungen wollten den Parteisekretär, den Jóska, lynchen.

Er sagte mit sehr eindrücklichen Worten:

„In diesem Dorf wird nicht abgerechnet und kein Blut vergossen!"
Man hörte unterschiedliche und gegensätzliche Nachrichten. Es wurden Gewehre aus Aszód gebracht, wegen des Drucks und zur Vorbeugung gegen den möglichen Angriff. Es war eine naive Vor-stellung, das Dorf mit paar Flinten schützen zu wollen. Trotz allem zogen die Revolutionäre in den Ecsken. Als die russischen Heere ein-marschierten, wurde in Budapest schon geschossen.

Gott sei Dank! Sie haben es sich doch anders überlegt und klugerweise zogen sie sich ins Dorf zurück. Es gab leider doch Opfer im Dorf.

Laci L. war zum Á.V. H (staatl. Defensivbüro – so etwas wie die Stasi) einberufen, er leistete seinen Dienst beim Radio. Dort starb er bei einem Angriff. Man erhängte ihn an einem Baum. Als die Revo-lution geschlagen war, wurden seine Eltern ausgezeichnet. Na ja, sie hatte nicht viel Wert. Für den jungen Sohn eine Auszeichnung und ein wenig Geld.

Das andere Opfer aus dem Dorf, bezieht sich durch den Pfarrer B. Sein kleiner Bruder, Árpád, studierte in Veszprém an der Uni, die nach der Revolution errichtet wurde. Als die Nachricht kam, musste der Pfarrer die Messe selber zelebrieren, weil niemand da war, der ihn vertreten konnte. Während des Gottesdienstes fiel der fast 2 m große Pfarrer in Ohnmacht. Der Altar bebte. Die Gläubigen halfen, ihn in die Sakristei zu tragen. Als man hörte, dass die Revolution gescheitert war, wussten alle im Dorf, dass eine schwere Abrechnung folgen würde. Istvan B. hatte sich auch überlegt, dass er mit seiner Familie nach Westen fliehen wollte. Seine Frau wollte aber das Land nicht verlassen und sie sind geblieben. Sie warteten auf das Unvermeidliche und sie wussten es würde kommen!

Eines Abends im Januar kamen die Männer. Besser gesagt sie brachen ins Haus ein. Man konnte bei ihrem Gespräch den saftigen nógrader Akzent mit „A" nicht heraushören. So konnte man denken, dass sie aus Budapest waren. Sie waren vom ÁVH (ungarische Stasi) und trugen ihre gesteppte Baumwolljacke, die „pufajka", ihre typische und gefürchtete Uniform. Die schonten nichts und niemanden. Sie fingen sofort an zu prügeln. Istvan B. wurde fast totgeschlagen. Seine Frau, mit dem kleinsten Baby am Arm, kam ihm zu Hilfe. Sie schubsten sie mit dem Baby grob durch die geöffnete Tür in die Kartoffelgrube.

Glücklicherweise ist nichts passiert. Nur der arme István hat gejammert:

„Bitte nicht vor den Kindern!"

Er traf natürlich auf taube Ohren. Sie prügelten ihn in den Hof hinaus und schlugen wie Wilde auf ihn ein. Dann auf die Straße und die Straße entlang, bis ins Rathaus – immer geprügelt, geprügelt. Aber warum?

Weil er im Dorf keine Grausamkeiten erlaubt hatte! Er hat alle bösen Taten verhindert! Obwohl die heißblütigen Jungen den am Ende des Dorfes wohnenden János T. „gazsi", den Polizisten, auch lynchen wollten. Er war der Bruder des Parteisekretärs – den Joska T., den wollten sie auch.

„Ich sagte euch, hier wird es keinen Brudermord geben!"", hatte István B. damals entschieden gesagt. Es ist nicht bekannt, aufgrund welcher Beschuldigungen er in Kistarcsa verurteilt wurde. Er war mehr als ein Jahr im Gefängnis. Dort war auch jemand aus Erdőkürt in Gefangenschaft, ein Lehrer. Marika war 10 oder 11 Jahre alt. Sie fuhr ohne ihre Mutter mit den Frauen zu Besuch ins Gefängnis. Es waren schlimme Zeiten. Fünf Kinder zuhause und der Vater im Gefängnis!

In dieser Zeit waren hauptsächlich die Pfarrer eine Hilfe für Familien. Maris schickte dem János Kádár (der damalige sozialistische Ministerpräsident) einen Brief. Vielleicht war das der Grund, dass István, nach mehr als einem Jahr, aus dem Gefängnis nach Hause kam. Nach der Strafe, die er abgesessen hatte, stand er zuhause weiter unter polizeilicher Bewachung.

Dies bedeutete, dass er sich an einem festgelegten Tag wöchentlich bei der Kreispolizei melden musste. Er durfte nicht in die Kneipe (dahin ging er sowieso nie), und auch nicht bei öffentlichen Veranstaltungen erscheinen. Dadurch, dass István als Revolutionär abgestempelt war, bekam die Marika nirgendwo Arbeit. Das Mädchen lernte gut, obwohl sie in der Schule oft fehlte. Sie musste ihre Geschwister pflegen und hegen. Sie musste auch viel auf dem Feld arbeiten. Mit dem Abschluss der Schule hatte sie trotzdem ein gutes Zeugnis in den Händen. Sie durfte die Handelsschule nicht besuchen, weil die Praktikumsstellen zur gleichen Kooperative gehörten und die haben sie nicht akzeptiert, nicht aufgenommen. Sie wartete jeden Tag bei der Bushaltestelle auf einen Mann, der versprochen hatte, ihr zu helfen. Aber er kam nie. Sie bekam keine Stelle als Verkäuferin, aber sie fanden doch eine Lösung. Die Paten, die früher bei dem Grafen gedient hatten, mussten auch eine andere Arbeit suchen. Der Pate János K. nahm Marika zu sich. Er arbeitete als Straßenräumer. Anfang der 60iger Jahre beendete die Marika die 8. Grundschulklasse. In Iklad, in der Industriemechanik-Fabrik, gleichzeitig eine Kriegsfabrik, gab es in der Zivilabteilung eine rasante Entwicklung: Sie stellten Elektromotoren her. Die Frauen arbeiteten am Band, die jungen Mädchen durften 4 Stunden schaffen.

Diejenigen, die es sich leisten konnten, konnten in Budapest eine gute Facharbeit oder etwas anderes lernen. Andere bekamen eine „Sekretariatsausbildung" – sie lernten Schreibmaschine und Kurzschrift. Marika wählte Letzteres, es ging ihr sehr gut. Sie beherrschte auch die Rechtschreibung prima. So hatte sie keine Probleme, weder in der Schule noch in der Fabrik. Schnell wurde sie als Administratorin eingestellt. Aber ihr Leben bei den Pateneltern war nicht ungetrübt. Sie waren zu streng zu ihr. Der Pate konnte sein Patenkind, die hübsche, freundliche Marika, gar nicht leiden, obwohl sie ihnen nur Gewinn einbrachte. Die Eltern haben alles kompensiert. Sie schickten ihnen Lebensmittel, Feuerholz und vieles Andere. Die erwachsene Marika durfte nirgends hin gehen. Wenn sie nicht in der Schule oder in der Fabrik war, musste sie zuhause häkeln. Sonntagnachmittag durfte sie nur zur Kindervorstellung mit der Freundin gehen. Die Matinee fing um 15 Uhr an, danach gingen sie in der aszóder Hauptstraße spazieren, eventuell genehmigten sie sich ein Eis. Bis 19 Uhr musste sie aber schon wieder daheim sein. Keine Zeit für Männer. Manche Wochenenden waren doch schön, wenn sie nach Hause zu den Eltern ging. Am Sonntag war Ball im Dorf. Die Bauern konnten ihren Wohlstand nur in der Kirche und auf dem Ball zeigen. Die jungen Mädels bekamen fast zu jeder Gelegenheit ein neues Ballkleid. Es heißt monatlich ein oder zwei Kleider mussten sie nähen lassen. Istvan B. und seine Frau waren sehr großzügig. Tante Maris musste viele Bestellungen anfertigen.

Marika hatte sich inzwischen bei der Arbeit gut eingelebt. In Kállo wurde eine Admistratorin für das Gemeindehaus gesucht. Onkel F. A. Lajos war der Gemeinderat. Alle wussten, dass die Stieftochter von B. einen Schreibmaschinenkurs absolviert hatte. So kam ihr Name ins Gespräch.

Es war nicht so einfach. Es war durchgesickert, dass die Marika durch Beziehungen an ihre Arbeit gekommen war. Sofort war da eine andere Tochter, eines sehr einflussreichen Mannes, als Konkurrentin.

Sie hatte zwar nichts gelernt, aber „sie wird sich schon einarbeiten", hieß es. Damit begann ein Protektionskampf. Jemand, sagen wir „der Kleinkönig" in der Gemeinde, fuhr zusammen mit dem Parteisekretär nach Pásztó in die Parteizentrale. Dort trugen die Genossen ihr Problem vor.

„Es ist unerträglich, einige erlauben sich zu viel!",– damit meinten sie den Herrn Gemeinderat.

„Sie wären fähig, die Tochter eines Revolutionärs im Rathaus einzustellen! Unerhört!"

„Sie wollen gerade den Feind im Büro des Gemeindehauses unterbringen."

Es ist eine Schweinerei! Das darf man nicht zulassen!"

„Da haben wir doch Recht?! Oder? Genosse Sekretär!"

„Haben wir Recht, Genosse Präsident?" Sie verwendeten immer den entsprechenden Titel, je nachdem, wo sie ihre Sorgen vortrugen. Aber nirgends erreichten sie ihr Ziel!

Zu dieser Zeit war die Organisation schon sehr konsolidiert. Die Gemeindeführung nahm das junge Mädchen in Schutz. Sie betrachteten sie nicht als Feind, deren Vater wegen 1956 im Gefängnis gesessen hatte. An beiden Stellen wurde ihre Anklage abgewiesen.

„Genosse! Ein Kind ist nicht verantwortlich für den Vater, und man darf sie dafür nicht bestrafen." „Kehren Sie ruhig heim, das Mädchen wird den Sozializmus von Kálló aus bestimmt nicht stürzen."

Die zwei Intriganten mussten sich beschämt nach Hause schleichen. Marika erfuhr von dem Zwischenfall erst Jahre später von Kollegen, bei einer Zusammenkunft im Gemeinderat. Dort war es kein Geheimnis.

Am Anfang herrschte ihr gegenüber noch etwas Widerstand und Antipathie bei der Arbeit bei der Gemeide. Diese negativen Gefühle hatten bald ein Ende und mit der Zeit entwickelte sich eine große Sympathie.

Die Menschen, Tanten und Onkel mochten sie sehr. Sie war lieb, gut eingearbeitet und sehr hilfsbereit.

Die Kunden im Gemeindehaus waren erst gegen sie. Marika war die Erste, mit denen sie zu tun hatten, weil sie die Sekretärin war, es sei denn jemand suchte die Finanz- oder Steuerabteilung.

Durch dieses Büro gelangte man nach rechts zum Genossen Gemeinderat. Der Genosse Gemeinderat hatte hinter dem Büro im Hof eine Dienstwohnung.

Mit den 1960er Jahren begann in Kálló eine große Entwicklung. Im Dorf wurde gebaut. Es wurde eine neue Apotheke eröffnet. Außerdem entstand eine Brotfabrik. Am Weg zur Tabán an der rechten Seite, gegenüber dem am Bach liegenden Gartenende, bauten sie eine Bäckerei. Das waren gute Zeiten für István B. Die Bauarbeiter waren in seinem Haus untergebracht. Das Haus hatte ursprünglich Lajos N. gehört und war jetzt in Marikas Besitz. Die Firma der Arbeiter bezahlte gute Miete. In der Zeit flossen die Gründungen von der Landwirtschaflichen Produktions Genossenschaften. István B. wollte daran nicht teilhaben. Er schaffte in der Familie große Veränderungen. So ähnlich machten es auch die anderen in Kálló. Sie kauften Häuser von Kistarcsa bis Sashalom auf. Familie B. legte sich in Kistarcsa ein kleines Familienhaus zu. Heute kann man nicht mehr sagen, welche Rolle die Gefangenschaft des Familienoberhaupts Istvan B. spielte. Der Mann führte ein „paralleles" Leben, wie die anderen auch. An den Werktagen wohnte er in Kistarcsa und arbeitete bei einer Baufirma in Budapest, als Hilfsarbeiter. Durch seinen Fleiß brachte er es zum Maurermeister. Seine Frau trat in die Genossenschaft ein. Sie wollten die Felder nicht verlieren. Mit der Zeit hatten sie 8 Hold. Somit hatten sie auch Einkünfte aus der Genossenschaft. Mal in Form von Erzeugnissen, manchmal auch ein wenig Geld. Die Kinder wurden groß. Pisti wurde zum Piaristen Gymnasium in Kecskemét geschickt; das war damals sehr teuer. Er wollte Pfarrer werden. Der Vater nahm Piroska mit. Sie wurde Arbeiterin in der Textilfabrik in Kistarcsa und hat hart gearbeitet. Ilonka und Gyula waren noch in der Grundschule.

In der Zwischenzeit hatte Marika D. im Rathaus große Fortschritte gemacht. Nicht auf der Rangleiter, sondern durch Fortbildungen. Sie bekam eine Auszeichnung als Standesbeamtin. Durch sie wurden schon zahlreiche Ehen gebunden.

Hier noch ein interessantes Detail: Wir sprachen nie über die Zigeuner, über die, die auf dem „Zigeunerpart" lebten. Zum „Zigeunerpart" führte die Straße von dem in Tabán stehenden steinernen Christuslein am Ende der Pást. In Kálló gab es ganz unterschiedliche Zigeuner-Musikanten und auch andere. Eine Musikerfamilie mit Namen B. hatte einen Sohn, Lajos, der in Budapest musizierte. Der Lajos brachte eine Ehefrau, Margit Sz., ins Dorf. Das ist deshalb interessant, weil die Margit eine weltberühmte Sängerin geworden ist. Lajos B. und Margit Sz. wurden von Marika getraut.

Solche Sachen passierten in Kálló.

Die Margit hat schon damals beim Zigeunerball und bei anderen Veranstaltungen gesungen. Auch ihre Tochter wurde in Kálló geboren. Kein Mensch in Kálló ahnte, dass sie in Budapest, nach der Trennung von ihrem Mann, eine solche Berühmtheit werden würde.

Der arme Lajos wurde sehr unglücklich. Er wurde in einen Mord verwickelt und kam ins Gefängnis.

Aber Margit B. war auch nur in ihrer Gesangskunst so erfolgreich. Ihre Ehen hielten nicht; sie war dreimal geschieden.

Ich habe Marika D. schon in der iklader Fabrik kennengelernt. Damals war ich Abteilungsleiter in der Motorenabteilung bei den VOX Motorenwerken. Die Marika war 1963 dort als Schreibkraft beschäftigt. Es gab zwei Schichten und sie musste für alle Arbeiter Arbeitskarten führen. Ich habe die Betriebsleitung gemacht und die Kartei kontrolliert. Die Karteien dienten für die Abrechnung. Nur Stundenlohn und Arbeitsstunden waren unterschiedlich. Wir waren mit Marika befreundet, aber wegen des Arbeitsverhältnisses sind wir uns nicht sehr nahe gekommen, was ich damals auch noch nicht wollte. Ich wurde später noch Soldat und danach habe ich in der DDR gearbeitet. Während ich in der DDR war, zog Marika nach Hause, um im Rathaus zu arbeiten. Ich stand durch meine Mutter mit ihr in Verbindung.

Mein Opa mütterlicherseits, Sándor CS., hat im Tabán neben dem Christuslein gewohnt. Es war ein sehr große kreuzförmige Porte. Unmittelbar daneben stand das Haus, in dem meine Mutter und mein Vater, der im Herbst 1944 an der russichen Front als vermisst erklärt wurde, früher gelebt hatten. Ein Graben floss in den im Apfeltal entspringenden Bach, wenn es regnete. Er floss vom Zigeunerpart herunter. Auf der gemeinsamen Porte von Opa und Mutter, gab es eine Schlachtbrücke, ein Räucherhaus, und eine Kammer voll mit Kühlschränken. Mein Vater Jozsef B. war Metzgermeister. Das ist eine andere Geschichte.

Gehen wir in der Zeit zurück, als ich von meiner Mutter von Marika hörte.

Oft sagte sie: „Was für ein schönes Mädchen sie ist!" Ich wusste das schon, denn wir trafen uns manchmal. Nicht zum Rendezvous, sondern zufällig, wenn ich bei meinem Opa war. Wir warteten auf den Bus und sprachen über dies und das. Ein anderes Mal sahen wir uns beim Kirmesball und haben auch getanzt. Wenn ich mich recht erinnere, habe ich am Ostern sie besprenkelt. Wir haben uns nie aus den Augen verloren. Eines Tages nahm ich allen Mut zusammen und besuchte sie. Wir redeten bis in die Nacht. Nach dem Gespräch war mir klar, dass ich sie liebte. Es gab keinen Zweifel. Am 23. Dezember 1972 haben wir geheiratet. Damals arbeitete ich in der DDR beim lubminer Atomkraftwerk als Gruppenführer und wohnte in Greifswald. Nach der Hochzeit fingen wir an, unsere Sachen zu organisieren. Marika beantragte ein Jahr Urlaub ohne Bezahlung, was auch klappte. Wir planten, noch ein Jahr in der DDR zu bleiben und dort zu arbeiten. In der Fabrik waren mehrere Ehepaare. Die Frauen fanden auch Arbeit; meistens füllten sie im Lebensmittelladen die Regale auf. Dazu musste man nicht Deutsch sprechen können, sie brauchten nur einen Reisepass.

Mein Schwiegervater, István B. wollte uns in allem helfen.

Ich habe schon in Kistarcsa angefangen, um ein Grundstück zu handeln. Dafür bat er uns um unser gemeinsames Geld. Wir wollten das nicht, wir wollten in der DDR bleiben.

„Wir werden für euch dort bauen", sagte der Schwiegervater. Langsam bekamen wir alles in den Griff und nach Ostern flogen wir mit dem Flugzeug in die DDR. Marika hatte Angst vorm Fliegen. Ich konnte sie schwer überreden, aber es gab keine andere Lösung. Mit dem Zug hätte es zu lang gedauert und damals war die Maul- und Klauseuche verbreitet. Wir wären nur schwer hingekommen. Aber wir hatten keine Hindernisse mehr vor uns.

Vor der Reise schliefen wir in Kistarcsa, wo unter der Woche auch mein Schwiegervater wohnte. Mit ihm reisten wir nach Budapest. Er begleitete uns zum Taxi.

Das war das letzte Mal, dass wir ihn lebend sahen!

Die Flugzeuge, IL-18 oder TU-104, haben uns eine laute und bebende Reise versichert.

In Berlin sind wir gut angekommen. Von dort weiter nach Greifswald. Mit einem anderen Ehepaar bewohnten wir eine Zweizimmerwohnung. Wir waren schon anderthalb Monate dort, als wir einen unerwarteten Telefonanruf von Zuhause aus Ungarn bekamen.

Der Sekretär aus dem Rathaus rief bei Marika an. Ihr Vater sei bei einem Motorunfall ums Leben gekommen. Wir entschieden uns, nach Hause zurück zu kehren. Die Frage war, sollte diese Reise endgültig sein? Dummerweise beschlossen wir, nie mehr zurückzukehren, für immer in Ungarn zu bleiben. Es war nicht so leicht, wie ich es beschreibe. Nach heutiger Ansicht waren unsere Begründungen naiv. Wir meinten, das wir der Mutter helfen sollten, weil die zwei jüngeren Geschwister noch die Fachschule besuchten. Gyula hat Maler und Tapezierer gelernt. Heute ist mir schon bewusst, dass unsere Idee falsch war. Es war falsch zu denken, dass wir den Vater vertreten konnten. In dieser Frage hatten wir kein Erfolg. Das hat die Zeit bewiesen. Die Schwiegermutter hat dabei auch stark mitgespielt. Den Jungen verwöhnte sie so, dass er heute, als 50Jähriger, in der Welt ganz allein ist. Er macht seinen Geschwistern nur Sorgen. Es gab Fälle, da ich dem 18jährigen Ohrwatschen geben wollte wegen seiner Unüberlegtheiten. Aber die Mutter verhinderte es. Ich habe mich nie wieder eingemischt. Im Nachhinein denke ich, es war nicht richtig von mir, die Ohrwatschen nicht auszuteilen. Ich bin sicher, mein Schwiegervatter hätte es auch so gewollt.

Marika arbeitete wieder im Rathaus. Für mich war es nicht so einfach. Ich hatte früher bei der Maschinen- und Fabrikintallationsfirma in Tiszaújváros gearbeitet. Für frischverheiratete Männer war es nichts, dass man nur am Wochenende zuhause sein konnte und so kündigte ich bald. Als die Kündigunszeit rum war, bekam ich in Kálló in der Genossenschaft eine neue Aufgabe. Die Genossenschaft hatte angefangen, einen neuen Kleetrockner zu bauen. Meine Aufgabe war die Organisation. Das Werk wurde 1 km weit vom Dorfrand, im Apfeltal gebaut. Als der Bau fertig war, blieb ich als Betriebsleiter. Außer mit der Herstellung habe ich mich mit Export und Inlandhandel beschäftigt. Im Frühling 1974 wurde das Werk eröffnet. Damals war Marika schon schwanger mit unserer Tochter und wir erwarteten sie schon sehnsüchtig. Meine Eltern wohnten in Kartal.

Auch meine Mutter erwartete das Baby mit der größten Aufregung. Das Schicksal verhinderte, dass sie ihre erste Enkelkin noch in den Arm nehmen konnte. Sie hatte immer hohen Blutdruck gehabt – ein Schlaganfall nahm sie uns, da war sie erst 49 Jahre alt. Das ist zu kurz für ein menschliches Leben. Am 1. August wurde unsere Tochter Marika geboren. Sie war ein wunderschönes Baby. Auch als kleines Mädchen und als junge Dame war sie schön und heute ist sie die schöne Mutter unseren beiden Enkel.

Unser Sohn József ist im Mai 1977 geboren. Beide kamen in Gödöllö in einem Geburtshaus zur Welt. Der Hausarzt Dr T. war in diesem Heim der Geburtshelfer. Meine Frau wollte bei ihm gebären. Unsere Kinder sind bei Dr. Simon Adjunktus geboren, der ein hervorragender Arzt war. Leider verstarb er an einem Hirntumor.

Mit meinem Schwager István bauten wir dann ein Doppelhaus in Kistarcsa, in das wir 1981 einzogen.

Ilonka, die jüngere Tochter der Schwiegermutter, heiratete sofort nach dem Tod des Schwiegervaters. Sie lernte Maschinenschreiben und ihr Mann war als Schlosser in der Textilfabrik eingestellt. Später wurde Istvan N. Diplom- Maschineningenieur.

Sie haben in Kerepes gebaut. Natürlich half die Familie mit, soweit möglich.

Schließlich siedelte die ganze Familie nach Kistarcsa um. Die Mutter wohnte noch einige Jahre in Kálló, verkaufte aber später ihr Haus und zog nach Piroska. Wir wohnten nahe beieinander. Das hatte Vor- und Nachteile.

Das Verhältnis der Kinder untereinander und zu ihrer Mutter ist aber eine andere Geschichte.

In unserem Leben gab es 2002 ein großes Ereignis. Unser kleines Mädchen, die Marika, verkündete, dass sie nach Frankreich heiraten wollte. Wir wussten, dass sie Kontakt zu einem Fotografen aus Paris hatte. Aber wir hätten nie gedacht, dass es noch zwischen ihnen ernst werden würde. Wir kannten den Jungen, weil er zu Besuch bei uns gewesen war. An einem Sommertag brachen wir, mein Patenkind, Pisti B., unser Sohn Jóska, meine Frau und ich, mit dem guten alten Opel nach Paris, zur Hochzeit, auf. Das war eine tolle Leistung unseres alten Kadetts.

Die Paten von Marika, Piroska, Lajos und ihre kleine Tochter Adrien fuhren mit ihrem VW Golf. Die Strecke von 1600 km legten wir mit nur kurzen Pausen in einem Stück zurück. Am Stadtrand von Paris trafen wir Marika und Herves, die uns in den Kreis Pantin führten. Die 120 qm große Wohnung befand sich in einem 3-stöckigen Sechsfamilienhaus. Das Haus hatte einen Innenhof, in dem wir parken konnten. Die Lage der Wohnung war prima und es gab auch einen Aufzug. Unser Schwiegersohn mietete für uns im „Hotel Ibis" 2 Zimmer. Bis zur Hochzeit waren es noch ein paar Tage, die wir mit Vorbereitungen und Stadtbesichtigungen verbrachten. In der Nacht bewunderten wir den im Licht badenden Eiffelturm.

Der Turm selbst ist ein Wunderwerk. Wir fuhren durch den Tunnel, in dem Prinzessin Diana umgekommen ist. Man sagt nicht um sonst, dass Paris in der Nacht lebt und die Haupstadt von Europa ist. Es waren mehr Menschen unterwegs als anderswo am Tag. Die Leute, überwiegend Touristen, bummelten wie anderswo nachmittags. Der Autoverkehr war größer als tagsüber. Na, ja – Paris zu sehen ist ein großes Erlebnis. Am nächsten Tag besichtigten wir Notre Dame, und essen nach dem Spaziergang entlang der Seine in einem kleinen Restaurant. Ein anderes Mal besuchten wir Disneyland Paris. Wir haben auch bezaubernde Sachen gesehen.

Der Hochzeitstag war da. Frühmorgens bekam meine Tochter von dem Verlag, in dem ihr Mann als Fotograf arbeitete, einen Blumenstrauß. Ich half Herves, die Kaltspeisen und die dreistöckige Torte nach Hause zu liefern. Die Verwandtschaft, die Eltern meines Schwiegersohns und seine Geschwister mit Familie kamen nach und nach an.

Die Hochzeit war fantastisch. Mit einem Hupkonzert verließen wir den Hof. Der Verkehr hielt an und wir fuhren elegant und langsam zum Rathaus. Das Rathaus war riesig und hatte breite Treppen, die zum Standesamt hinauf führten.

Wir waren sehr stolz, alle waren begeistert von der Schönheit unserer Tochter.

Marika war sehr hübsch in ihrem langen Hochzeitskleid. Ich führte sie die Treppe hinauf.

Wir waren kurz überrascht, weil der Standesamtbeamte mit der französischen Schärpe an der Schulter schwarzhäutig war.

Mein Schwiegersohn erzählte, dass der Standesamtbeamte gleichzeitig der Bürgermeister war und aus Papua Neuguinea stammte.

Später kam der Mann mit seiner Familie leider an der afrikanischen Küste mit einem Flugzeug ums Leben.

Das Fest war sehr schön. Zuhause gab es eine lebendige ungarischfranzösische Hochzeit mit Brauttanz nach französicher Art. Wir zeigten den in Kálló modernen „Kissentanz", der allen viel Spaß machte. Für das größere Vergnügen hatten wir Musikkassetten dabei.

Das Essen – französischer Hummersalat, Sandwich mit Lachs und viele andere Schlemmereien – hätte auch für die doppelte Anzahl von Gästen gereicht. Die von einem Konditor gemachte Torte war tatsächlich ein richtiges Kunststück. Die französische Küche ist wirklich fein.

Nach der Hochzeit brach die ganze Familie Richtung Atlantik auf, dorthin, wo die Urlaubsorte sind. Der Schwiegersohn hat dort in einem kleinen Städtchen, in Saint Gilles, ein schönes Wochenendhaus. Das Wetter war gut, und wir konnten jeden Tag im Meer baden. Eines Abends kochten wir mit meinem Schwager im Garten Kesselgulasch. Die Nachbarn beobachteten uns neugierig – Ich denke sie haben so etwas noch nie gesehen. Den Kupferkessel hatten wir für diese Angelegenheit extra aus Ungarn mitgebracht. DerAbend war sehr gelungen. Als „Nachtisch", gab es die Europa Fussball Champion im Fernsehen. Die Franzosen haben gewonnen. Hervé ist Boxer. Er hat sich sehr gefreut, wir natürlich für ihn mit. Ein paar Tage später fuhren wir nach Paris und kehrten danach mit vielen schönen Erinnerungen nach Ungarn zurück.

Das Leben floss eintönig vor sich hin. Nur der von der Politik geschürte Hass war erschütternd. Es begann 1989 mit dem Regierungswechsel. Für die einfachen Menschen wurde es unerträglich.

Es schien als hätten die Politiker alle Moral vergessen. Sie kümmerten sich nur um Dinge, bei denen sie Gewinn machten und das auch ohne Gegenleistungen. Das Land war von Korruption durchzogen bis ganz nach oben. Das Schlimmste war, dass die Landsleute auch gegeneinader aufgehetzt wurden.

Geschwister, Verwandte wurden Gegner, sogar Feinde. Je nach dem, welche Partei für sie gut war. Mit der Zeit stellte sich heraus, dass in manchen Fragen die Waage sich kurz hin- und herbewegte. Nach 38 Jahren Arbeit ging meine Frau Marika D. in Rente, für lächerlich wenig Geld. „Zum Sterben zu viel, zum Leben zu wenig", sagt man. Es wäre eine Schande, diese Summe auf Papier zu schreiben. Ein Ungar dagegen, der aus Rumänien nach Hause kam, erhielt so viel Rente wie hier der Mindestverdienst ist. Wenn man deshalb im Ministerium nachfragte, wurde erklärt, dass es eine Abmachung mit Rumänien gäbe. Ich hätte nichts dagegen, wenn sie es so machten, dass nach 100 Eingesiedelten der 101. nur dann Geld erhält, wenn es in Rumänien auch 100 sind.

So gibt es hier für die Einheimischen keine Gleicheit. Der Regierungswechsel hat nur für eine kleine Schicht positive Änderungen mit sich gebracht. Es gibt keine Solidarität. Die Armut wächst.

Die Neureichen kümmern sich nicht um die Probleme. Der damalige Ministerpräsident, Herr Antall, hat es richtig formuliert: „Hätten sie Revolution machen sollen".

Der jetzige, durch Kompromisse einigende Stil ist auch so typisch ungarisch gelungen.

Ich denke, dass die István Bs 1956 sich nicht so eine „Demokratie" gewünscht haben.

Wir haben es uns 1989-90 auch nicht so vorgestellt. Ich glaube, dass nach dem Sturz der sozialistischen Organisation alles nach dem amerikanischen Präsident Nixon und seinen Beratern geordnet wurde. Dazu kam noch, dass die neuen Politiker unerfahren, egoistisch und habgierig sind. Die Wirtschaft hat das Kapital ungerecht umorganisiert. Kapital wurde angehäuft und das Volk hat alles verloren. Dadurch wurden die Menschen für den nächsten 100 Jahre determiniert.

Aber lassen wir die Politik - es war nicht in meinem Sinn, darüber zu schreiben.

Am 31. Dezember 2000 wurde mein erster Enkel, Marc, in Paris geboren. Wir waren nicht dabei, aber zwei Monate später durfte ich ihn in meinen Armen halten.

Wie unterscheidet sich die Liebe zum Enkel von der zum eigenen Kind? Das ist sehr schwer zu beschreiben. Man kann aber feststellen, dass sie gelöster ist. Als Eltern hat man ein fast verkrampftes Pflichtgefühl. Die Enkel kann man befreiter genießen. Man braucht einen Enkel nur lieben und kann die Verantwortung den Eltern überlassen.

Im Jahr 2003 habe ich fast den ganzen Sommer in Frankreich verbracht. Meine Tochter hat ihre Wohnung in Paris verkauft und in der Normandie ein Haus aus dem 18. Jahrhundert gekauft.

Es handelt sich um das ehemalige Pfarrhaus. Es hatte einen großen Garten und es gab dort eine ganze Menge Arbeit. Das Haus wurde restauriert. Das ganze Dach wurde abgerissen und es hat ein sogenanntes selbst tragendes Dach bekommen. Die Fenster bekamen Fensterläden. Im Garten standen viele uralte Bäume. Die haben sie behalten, wegen der beruhigenden, urigen Atmosphäre, die sie ausstrahlten. Der Garten wurde neu mit Gras eingesät. Eine Terrasse in der ganzen Länge des Hausess, 26 m lang und 2,5 m breit, wurde angebaut.

Ich schmiedete einen eisernen Zaun für die Seite der Terrasse und in der ersten Etage montierte ich wegen der Enkel Gitter vor die Fenster. Unter dem Haus befand sich ein Keller, der eine Sicherheitstür bekam. An der Straßenseite standen zwei 3,5 m hohe steinerne Säulen, zwischen die ich ein Eisentor einbaute. Mein Schwiegersohn hat fleißig geholfen. Wenn er Zeit hatte, bog er die eisernen Teile selbst. Wenn man bedenkt, wie wenig Werkzeug ich hatte, habe ich doch gute Arbeit geleistet!

Ich habe noch einmal gelesen, was ich bis jetzt geschrieben habe. Ich denke, ich bin István B. nicht gerecht geworden. Er hatte einen starken, menschlichen Charakter und ich möchte das Bild über ihn vervollkommnen.

Was er 1956 geleistet hat, habe ich schon etwas geschildert. Über das, was er danach erlebt hat, habe ich noch nicht viel erzählt. Der Fleiß, seine enorme Arbeitskraft, mit der er bis zum letzten Moment für seine Familie gearbeitet hat, begleitete ihn bis zu seinem frühen Tod.

Mein Schwager T., der Mann von Piroska, hat erzählt, dass sein Schwiegervater eines abends sagte:

„No Kind (er nannte ihn immer nur Kind), morgen bauen wir den Zaun ab." Es war nur eine Formalität, dass er es sagte, bei ihm gab es keine Widerrede.

„Alles klar Vater! Rufen Sie mich morgen."

Aber Lajos konnte nicht ahnen, dass beim Schwiegervater „früh" schon um 3 Uhr morgens war. So war er ziemlich erstaunt, dass der Alte ihn schon zur Morgenröte weckte. Als es draußen hell wurde, war der 20 m lange Zaun schon abgebaut. Der Lajos wunderte sich noch einmal, dass nach einer kurzen Atempause der Vater den Spaten holte und abends schon die neuen Zaunteile standen und auch der Sockel gegossen war.

So einen ähnlichen Fall habe ich mit ihm auch erlebt. Es geschah damals, bevor wir in die DDR reisen wollten. Er fuhr am frühen Abend mit seinem Motorrad aus Kistarcsa nach Hause.

„Na, Józsi, wir zementieren bei euch die Küche". Ich hatte keine Widerworte. Bis 22 Uhr waren wir mit per Hand gemischtem Beton komplett fertig. Wir hatten ihn gemeinsam angemischt, ich fuhr ihn mit der Schubkarre an und er hat alles schön geschmeidig fertig gemacht. Ich fiel vor Müdigkeit ins Bett und war kaum eingeschlafen, als jemand an mein Fenster klopfte. Es war mein Schwiegerpapa um 3 Uhr und er sagte:

„Józsi steh auf! Wir müssen den Beton nochmal glätten, weil ich um 6 Uhr schon in Budapest auf der Arbeit bin!"

Meine Güte, in was für eine Familie war ich geraten? Auch ich war Arbeit gewohnt. Seit meiner Kindheit musste ich im Garten hacken, Schweine ausmisten, Hof fegen, Holz hauen. Das waren auf dem Dorf alles Aufgaben eines Kindes. Damals war ich nicht begeistert, aber heute würde ich ihm bei seiner enormen Arbeitswut gern noch einige Jahre helfen. Leider kam es anders. Sein Tod kam unerwartet und war tragisch. Schwiegervater machte bei seinem Mitvater, bei dem alten Herrn T., Maurerarbeiten. Seine jüngere Tochter, die Ilonka, bat ihn, sie wegen einer Röntgenaufnahme nach Kálló zu fahren. Es war der letzte Tag für die Röntgenuntersuchung, bis 18 Uhr. Sie beeilten sich mit dem Motorrad. Vor Aszód, Bag und Domony in der Verzweigung geschah die unerklärliche Tragödie: Schwiegervater überholte einen Bus. Der Bus wendete sich ohne zu blinken nach links. Mein Schwiegervater wollte parallel zum Bus fahren, aber da war eine Steininsel. Sein Motorrad rutschte am Rand der Insel aus. Er flog so unglücklich herunter, dass sein Kopf auf einen Stein schlug und er war auf der Stelle tot.

Ilonka flog in die Mitte der Insel. So kam es, dass ihr nichts passierte, sie musste nicht einmal ins Krankenhaus. Zur Erinnerung an Schwiegervater schrieb der Firmenanwalt Folgendes zum Abschied: „NEKROLOG"

Er ist unter dem Mátra geboren, seine Heimat waren die Bergwälder.

Vor nicht allzu langer Zeit gab es in diesem Gebiet eine Hirtengesellschaft. Wer ihr angehörte, war angesehen. Man durfte ihr erst angehören, wenn man sehr hart arbeiten konnte und ehrlich war bis die Knochen.

Vielleicht waren seine Urahnen auch vom diesem Volk. Wahrscheinlich war es so, weil er den alten Beruf in seinem Namen trug.

Es ist klar, dass seine nüchterne Überlegenheit, seine Härte, seine Ehre aus dieser Wurzel entstanden ist.

Er hob seine Werkzeuge mit ausgewogenen Bewegungen. In seinen Bewegungen offenbarte sich der urige Arbeitsrhythmus. Es war planmäßig, ausdauernd, so, wie man es nicht nachahmen kann. Sein Stolz war auch einfach die gute Arbeit, dass er die Maurerkelle immer besser drehen konnte. Er war geradlinig, ausdauernd, seine Arbeiten waren präzise. Er übernahm für alles immer die Verantwortung, er konnte nie hinterlistig oder falsch sein.

Wenn er gelobt wurde, nahm er es so auf wie die einfachen Menschen aus dem Mátragebiet. Die täglichen kleinen Freuden waren sein Erfolg.

Vielleicht war er zu bescheiden und seine Bescheidenheit hinderte ihn daran, Karriere zu machen, aber er sehnte sich auch nicht danach.

Vielleicht erklärt auch diese Einfachheit, dass seine Todesnachricht so spät kam. Er war im Urlaub. Er liebte den Wald. Mit seinem Motorrad fuhr er im Mátragebirge. Seine Bewegungen waren immer sehr überlegt und ein kleines Versäumnis hat seinen Tod verursacht!

In der Zeitung stand: „István B. aus Kálló starb bei einem Motorradunfall."

Die zufällige Tragödie hat ein 53jähriges Leben voller Kampf beendet. Diesen Tod hatte er nicht verdient. Auch bei den größten Schwierigkeiten hatte er immer Haltung bewahrt.

Istvan B. ging einfach von uns. Wir werden ihn aus unserer Anwesenheitsliste streichen. Die Begründung für das Ende seines Arbeitsverhältnisses: der Tod.

Aber kann man mit der Löschung eines Administrationseintrags sein Ich löschen? Darf man die Erinnerung an einen ehrenhaften Menschen löschen?

Sein beispielhaftes Wesen hat unsere Firma seit Jahren nur bereichert.

Nein es wäre unwiederbringlich!, N.F.

Das war alles. Der Schmerz, wie oft wir an ihn denken, es überschattet uns alle, die wir ihn gekannt und geliebt haben.

Er hat sich über seinen einzigen Enkel gefreut, den Norbi. Er war der erstgeborene Sohn von Piroska. Ich werde nie vergessen, wie er mit seinem Motorrad von der Arbeit kam, seine Mütze auf den Kopf des Kleinen warf und dabei sagte: „Mütze".

So war es kein Wunder, dass Norbis erstes Wort „Mütze" war. Die Geburt seines zweiten Enkels erlebte er nicht mehr und so kennen seine Enkel ihn nur aus Erzählungen.

Heutzutage hätte dieser Mann mehr sein können, aber das war ihm leider nicht vergönnt. So bleibt er ewig in unserer Erinnerung.

Er war ein Mensch, der alles konnte. Er kaufte Land, das verwildert, mit allem bewachsen war. Er musste es eigenhändig säubern, bis es zum Beackern geeignet war. Das machte er alles neben seinen 5 Kindern und der täglichen Arbeit. Dazu kamen die 2 Jahre Ausfall wegen des 1956er Gefängnisses. Nebenbei baute er das Haus in Kálló um und vergrößerte es. Dann kaufte er noch 6-8 Hold Boden, um in die Genossenschaft eintreten zu können. Als er in Budapest gearbeitet hatte, kaufte er ein Haus und auch Baugrund.

Das nächste Projekt hatte er auch schon in Planung, aber daran wurde er durch die Tragödie gehindert.

Er war nicht nur für seine eigene Familie da, sondern nahm sich immer die Zeit, auch den Verwandten zu helfen.

Zum Beispiel ich habe das Feuerholz für den Winter wegen seines Todes bei seiner Familie abgeliefert.

Man könnte lange darüber erzählen, was er für die Kirche getan hat. Sein Sohn István, B. hat bei den Piaristen gelernt, er war intelligent genug, aber zur Universität wurde er nicht zugelassen – wahrscheinlich wegen der 1956er Gefangenschaft des Vaters. Der jüngsten Sohn, Gyula, wollte Maler und Tapezierer lernen. Der Vater fertigte ihm eine Bleischuhsohle an, mit der hat er seine Aufnahmeprüfung geschafft.

So ein Mensch war István B. Gott segne ihn!

In diesen kleinen Dörfern wie auch Kálló geschahen tragische Ereignisse nach 1956.

Nach der Festnahme von István B. wurden alle, die am Aufstand beteiligt waren, im Rathaus verhört. Man kann sich vorstellen, dass es sicher einen Spitzel gab, der sie alle verpfiffen hatte. So wurden auch die zwei interessantesten Personen hereingeholt – Zoltan C. und János K.

Der Zoli war noch sehr jung. Er wurde auf den Tisch gelegt und auf seine Fußsohle geschlagen, und zwar dorthin, damit man es nicht sehen konnte. Er wurde in einem Bettlaken nach Hause transportiert und konnte monatelang nicht aufstehen. Später konnte er keine Schuhe mehr anziehen.

János K. war ein zwielichtige Person. Ein Wunder, dass er am Leben geblieben ist, weil er zu Tode verprügelt wurde.

Der K. war schon früher, 1944, eine bedeutende Rolle gespielt. Als „Nyilas" (Nationalist) gehörte er zur Hugaristen Partei. Wahrscheinlich wegen seiner Spitzelei wurde mein Vater an die Front geschickt.

Mein Vater war Metzgermeister. Er hatte von Lajos K. ein Geschäft gemietet und danach am Ende des Gartens meines Opas im Taban ein neues Geschäft gebaut. Gleichzeitig hatten sie auch einen Räucher- und Schlachthof beim Haus des Opas gebaut.

1944 ging mein Vater mit dem letzten Transport an die Ostfront, wo er in Gefangenschaft geriet und im Frühling 1945 verstarb.

Diese Tatsache habe ich erst nach dem Regierungswechsel erfahren, als die Russen Daten über in dem Lager Verstorbene veröffentlichten. Darunter fand ich den Namen meines Vaters. Er war von K. bespitzelt worden. Ich weiß es nur aus den Erzählungen von Opa und Oma. Sie sagten, dass der Landjäger ihn einmal verraten hat. Mein Vater hat sehr viele Metzgerwaren gespendet, damit er nicht an die Front musste. Bis Ende 1944 hat das auch funktioniert. Aber zum Ende des Krieges wurde er einberufen, das musste einen Grund haben.

Aber der interessanteste Fall betraf Onkel István K.

Der Onkel wurde irgendwann im Jahr 1886 geboren. Obwohl er ein Bauernjunge war, hat er eine schöne Karriere gemacht, als Horthy Landjäger. Er erreichte den Offiziersrang und wenn ich mich nicht irre, war er Leutnant. Im ersten Weltkrieg bekam er eine Auszeichnung.

Als er Rentner war, eröffnete er neben Budapest ein Büro eines Privatdetektivs und Immobilienmaklers. 1956 war er 70 Jahre alt und er hatte bei der kállóer Bewegung 1956 teilgenommen. So wurde er trotz seines Alters auch wegen seiner revolutionistischen Taten vorgeführt. Er wurde auch verprügelt – das machte der damalige Polizist gerne. Man hat erzählt, dass der alte Mann ein Dorn in den Augen des jungen Polizisten war und er ihm oft ohne Grund Schläge zufügte. Der Alte drohte ihm an, eines Tages alles reichlich zurückzuzahlen. Das war im Dorf bekannt, aber niemand hätte gedacht, dass es wirklich passieren würde.

Es gibt ein Sprichwort: „Aufgeschoben ist nicht aufgehoben". Der Alte ging jeden Tag, seit es den Busverkehr gab, um 15 h 30 zur Haltestelle bei der großen Brücke. Dort kommen gleichzeitig 3 Busse an. Einer von Erdőtarscsa, von Pásztó aus der Gemeindezentrale und der fuhr weiter nach Vanyarc. Die drei Busse warteten aufeinander wegen der Fahrgäste.

Es ist ein fast gesellschaftliches Ereignis. Man weiß wer kommt, wer geht. Die Bedeutung des Platzes wurde auch durch ein Buffet betont.

Außerdem war der Platz damals schon und ist es auch heute noch ein Ort für Rendez-Vous, auch wenn die heutige Jugend mit dem Auto oder mit dem Kleinbus fährt.

Ich muss erwähnen, dass der Polizist, der den alten „Tomi" István so verprügelt hatte, bald aus seinem Polizeidienst verabschiedet wurde. Diejenigen, die sich nicht weiterbilden konnten, bekamen den Laufpass.

So ging es auch ihm. Wir schrieben das Jahr 1960. Die Ära des „Kádár" wurde stärker. Es gab keine Demonstrationen, keine Bewegungen. Keinen Streik.

Zu dieser Zeit wohnte ich im Kollegium. Wir hatten ein paar Flugblätter gemacht, sonst nichts. Dafür flog ich vom Kollegium und musste zur Miete wohnen. Aber eine größere Strafe, abgesehen von einer Mahnung des Direktors, habe ich nicht bekommen.

Aber zurück zu unserem ehemaligen Polizisten. Er fuhr regelmäßig nach Pest zur Arbeit. Der Onkel István hat es beobachtet. Der Polizist kam mit einem Bus aus Aszód und musste umsteigen. Der Alte wartete, bis er die Bustreppe hinunterstieg und schlug ihm mit seinem schweren Stock auf beide Arme. Er wusste genau, wohin man schlagen musste (er war auch Feldjäger). Die Arme des Polizisten waren gelähmt! Die Geschichte diente eine lange Zeit als Sensation. Ein 75Jähriger, der einen 35Jährigen so geschlagen hat. Fast unglaublich! Als er sich bei der Gemeinde beklagte, hat man ihn nur ausgelacht. Niemand hat geglaubt, dass der Alte so stark war. Bei der Polizeidirektion riet man ihm, er solle seine Schande nicht weiter erzählen, so werden es die Leute schneller vergessen.

Darüber lachte man noch lange in der Kneipe.

Wie ich schon geschrieben habe, war ich 2003 zweimal bei den Kindern in Frankreich. Dort hatte ich die Schlosserarbeiten gemacht, wobei mein Schwiegersohn mit half. Morgens bin ich erst aufgestanden, wenn ich wach war. Man konnte nicht lange schlafen, denn es wurde früh hell und die Sonne schien. Abends bis 22 Uhr war es auch noch hell. Wir frühstückten in der offenen Küche, normalerweiser Kakao mit Hefezopf. Ich habe mir Salami und Speck erlaubt.

Das Essen haben wir auf der Terrasse serviert und wir haben oft gegrillt. Man kann alle möglichen Würstchen und gebeiztes Fleisch und Schaschlik kaufen. Man muss sich daran gewöhnen, weil es weniger gewürzt ist als bei uns, aber dann schmeckt es schon.

Als wir auf der Terrasse saßen, klingelte plötzlich das Telefon. Meine Tochter Marika ging ran. Es war ihre Mutter, die mich sprechen wollte.

„Küsse", sagte ich, als ich den Hörer nahm.

„Hallo", sagte sie, und an ihrer Stimme hörte ich, dass etwas nicht in Ordnung war.

„Stell dir vor, was passiert ist!"

„Sag doch", sagte ich ungeduldig – ich hatte Angst, dass es etwas Schlimmes war.

„Stell dir vor, was die Mama gesagt hat." Meine Schwiegermutter nannten wir Mama.

Ich sage dir ein Geheimnis, das ich nicht mehr tragen kann – dein Vater war nicht der, der du denkst", sagte sie. „Dein wirklicher Vater war ein deutscher Offizier. Er wohnte während des Krieges bei uns und wir hatten uns verliebt. Er war der Oberbefehlshaber der Soldaten, die Hatvan verteidigt haben."

„Kannst du dir denken, dass das mich getroffen hat wie Blitzschlag", sagte meine Frau.

„Das ist verrückt – wozu ist das gut?", fragte ich. Sie hat 57 Jahre lang nicht darüber geredet – warum gerade jetzt? Das hat alles kaputt gemacht und tatsächlich, meine Frau wurde bald krank.

Der Mann, den sie als Vater gekannt hat, ist ein fremder Mann und wer weiß wer der richtige ist? Ein Unbekannter. Ein deutscher Soldat aus dem Krieg – das ist keine präzise Beschreibung. Die Mama konnte nur so viel sagen, dass die Soldaten Angst vor ihm hatten und ihn hinter seinem Rücken „Jakob" nannten. Sie sagte, dass er um den Hals ein Eisernes Kreuz getragen hat und eine schwarze Uniform trug. An seinem Hals hing eine Medaille mit dem Buchstaben „O"- das könnte ein Name sein oder seine Blutgruppe.

Meine Frau ist eine Deutsche.

EinTeil des Dorfes heißt Tabán. Es liegt im Tal, zwischen dem Ecsken Wald und der Straße nach Erdőkürt. In der Mitte des Tales des Waldes fließt der Bach. Er heißt einfach nur Bach. Ich kannte keinen anderen Namen. In dem Bach floss zu meiner Kindheit Wasser. Er wurde vom Kohlgarten bis ins Apfeltal von mehreren kleinen Quellen gespeist. Mit dem Wasser goss man das Gemüse im Kohlgarten. An dieser Stelle waren mindestens zwei Quellen. Fast jede Familie hatte im Kohlgarten ein Stück für Karotten, Petersilie, Zwiebeln usw. Die hiesige Arbeit wurde morgens früh vor der Feldarbeit erledigt. Die Gartenteile lagen an beiden Seiten des Baches. Der Bach fang im Apfeltal an und schlängelte sich durchs Dorf. Am Ende vereinte er sich am tarcsaer Weg mit dem Vanyarzbach. Am Anfang des Tabans, parallel zu unserem Haus, floss der „Grab"Bach.

Der kam von Eresztvény durch den mit Holunder bewachsenen Zigeunerpart.

Die an beiden Seiten stehenden Bäume und Büsche bildeten ein verstecktes Zelt. Für uns Kinder war das ein wahrer Abenteuerplatz zum Verstecken.

Unser Haus hatte nur eine Küche und ein Zimmer. Mit einer anderen Familie gemeinsam war es ein langes Bauernhaus. Auf dem gleichen Grundstück stand das L-förmige Kreuzhaus meines Opas, das sich in einem etwas besseren Zustand befand. Dahinter stand die Schlachtbrücke meines Vaters, der Metzger war. Fünf bis sechs m entfernt von unserem Haus stand das Kühlhaus, ein Lagerhaus und die Räucherkammer.

Das Dorf bestand aus mehreren Teilen, wie als sei es aus mehreren Kästen entstanden.

Die Ackerbauern lebten in Tarcsa und Verseg, dann Erdőkürt und Richtung Vanyarc.

Die Handwerker wohnten in Mitte des Dorfes.

Es gab noch einen anderen Metzgermeister, den Braun, den Juden. Die Bäckerei „Barna" befand sich fast an der Zigeunerhalde. Hier lebten auch die Schneider und Schuhmacher.

Die Bewohner der drei Teile des Dorfes waren in gewisser Weise voneinander isoliert. Auch ihre Bekleidung war verschieden. Die Bauern trugen Rahmenstiefel und die Handwerker Birgerlistiefel. Die Bauern trugen braune oder graue Cordhosen, die Handwerker üblicherweise Bridges, Kniebundhosen oder Reiterhosen. Es gab genügend Schneider, die Kleidung nähten. Meister, die Stiefel machten, musste man im Nachbardorf suchen. Hier gab nur 2 Schuster, die Stiefel und Schuhe nur flickten und besohlten.

An einen erinnere ich mich sehr gut. Der Schuster Varga wohnte bei den Bauern, sein Spitzname war „Engelmacher". Niemand hat ihn jemals angezeigt, so hat er friedlich weiter geschafft, obwohl alle wussten, was für Straftaten er beging. Hauptsächlich Frauen, die ungewollt schwanger waren, gingen zu ihm. Wahrscheinlich starben einige unter seinen Händen. So etwas geht auch im Krankenhaus nicht ohne Gefahr. Meine Oma war eine religiöse Frau. So sprach nie mit dem Schuster Varga, sie nahm nicht einmal seine Begrüssung an, aber er hat sie doch immer gegrüsst. Meine Oma behandelte ihn einfach wie Luft. Der Schuster Varga war ein hagerer Typ. Seine kleinen Augen waren immer hastig. Er stand nur in seiner Tür. Ging niemals von Zuhause weg. In seinem Antliz spiegelte sich immer Schuldbewusstsein wider. Die Frauen mieden ihn, manchmal schlich eine Frau mit Alibi-Stiefeln im Korb aus seinem Haus. Dadurch, dass seine Werkstatt zur Straße hin geöffnet war, konnte man unauffällig hinein- und hinausgehen.

1944 wurde ich geboren. Ich war mit 4800 g ein großes Baby und meine Mutter hat wegen mir gelitten. Ich aber auch, weil die Bauchnabelschnur sich um meinen Hals gewickelt hatte. Der Arzt hat auch bestätigt, dass es ein richtiger Glücksfall ist, dass ich am Leben war.

Ich bin ein „Glückskind", wie man so sagt.

Mein Vater war dem Krieg bisher entkommen. Sein Einzugsgebiet war die aszóder Kaserne. Die Mutter erzählte, dass er mit seinen Fleischwaren das Eingezogenwerden immer weiter hinausschieben konnte. Aber es ging einmal zu Ende. Mein Opa und Oma hatten es so erzählt, dass der Feldjägerbefehlshaber, der Nationalist János K., den Vater angezeigt hatte. Der Vater hatte angeblich schwarz geschlachtet. „Schwarz schlachten" hieß, dass es keine offiziellen Dokumente gab und trotzdem verkauft wurde. An der Behauptung musste etwas dran sein, denn Vater hatte oft die Kaserne beliefert und die Offiziere machten die Augen zu. Ein Metzger weniger spielt schließlich keine Rolle bei der Ostfrontentwicklung. Vater war Korporal vom Rang her. Ob er sich nach der Anzeige selbst gemeldet hatte oder nicht, weiß niemand. Er musste an die Front. Es kamen von ihm Karten, er schrieb, dass er das Foto, auf dem ich mit meiner Mutter posiere, von uns bekommen hatte. Wir bekamen die Nachricht, dass er verletzt wurde und in Gefangenschaft geraten war. Später wurde er als Verschollener in die Kartei aufgenommen. Nach dem Krieg brachte die Suche über das Rote Kreuz keinen Erfolg. Alle dachten er sei sicher tot. Denn er war sehr stark und beherrschte die slawische Sprache – wenn er also lebte, würde er sich sicher melden. Er war verschollen, wie viele Zehntausende andere im Krieg auch. Man hat ihn nie gefunden. Wir werden die Wahrheit über ihn nie erfahren.

Zurück zu meinem Glück: unsere Umgebung wurde beschossen. Ich schlief ruhig im ersten Zimmer in meines Opas Haus auf dem Boden an der Wand in einem Wäschekorb. Der Angriff kam sehr plötzlich. Der Opa wollte mich retten. Auch ein deutscher Soldat war bei ihm. Sie warfen sich auf den Boden. Opa schaute nach oben und konnte sogar den russichen Piloten sehen, weil er so tief flog. Die Bombe zerstörte die Ecke des Nachbarhauses. Alle Fenster gingen kaputt. Auch bei Opa. Die Splitter fielen überall hernieder wie Regen. Sie verkratzten auch mein Gesicht. Der Schutt bedeckte mich ganz, aber es war nichts passiert!

Auch Opa und der Soldat wurden nicht verletzt. Aber die Wand des Hauses wurde zerkratzt, aufgerissen, auch die Zaunlatten und das Tor wurden zerfetzt. Aber niemand wurde verletzt!

Die Explosion riss die Ecke des Nachbarhauses ab, aber das Haus stürzte nicht ein. Es wurde von einer Säule gestützt. Nach dem Krieg wohnte dort niemand mehr. Als Kinder spielten wir immer dort im verwilderten, mit Büschen bewachsenen Hof Verstecken – dafür war es ideal. Es war unser Hauptspielplatz und der Grab vor dem Haus, alles mit Bäumen bewachsen, so bedeckt wie es ein Zelt wäre.

An ein, zwei Stellen konnte man noch die Äste verschieben und so hineinkriechen. Von der Straße aus konnten die Leute nichts sehen und das haben wir Kinder immer ausgenutzt.

Ich kann mich noch erinnern, dass, als ich 4 oder 5 Jahre alt war, die am Leben gebliebenen Soldaten aus der Kriegsgefangenschaft nach Hause kamen. Einer von ihnen war mein späterer Stiefvater, der Janos K., der „Tomi" Jancsi.

Er fang an, meiner Mutter den Hof zu machen. Ich erinnere mich noch gut an zwei andere. Einer war aus einem nahe gelegenen Dorf, ein wohlhabender Metzgermeister. Er war Mitglied im Metzgerprüfungsrat und er war anwesend, als meine Mutter die Metzgerprüfung ablegte. Dadurch, dass von meinem Vater keine Nachricht mehr kam, durfte Mutter das Geschäft weiter führen. Die Voraussetzung war die Prüfung.

Ihr Erfolg hing ab von der Gutmütigkeit des Prüfungsrates. Es hat geklappt und das Geschäft florierte weiter. Bei der Prüfung musste man ein Rindvieh und ein Schwein schlachten und zerstückeln, also war es keine leichte Aufgabe. Die Prüfer haben sich absichtlich eine Stunde verspätet. Die Prüfung war zeitgebunden. Als die Prüfer ankamen, waren die Tiere schon geschlachtet und enthäutet gewesen. Die Mutter musste nur zerlegen und hatte dabei auch Hilfe gehabt. Letztendlich lief die Prüfung gut. Sie wurde Metzger und Schlachter. Auch im Geschäft hatte Mutter immer Helfer, erst meinen Opa, der als Weizenhändler auch lebendige Tiere ankaufte. Meine Mutter war im Laden. Neben Fleisch und Fett verkaufte sie auch Wurst, Salami und getrockneten Rinderdarm. Aus dem Rindertalg kochten sie im Hof in einem Kessel mit Regenwasser und Asche Seife. So konnte Mutter im Laden auch Waschseife anbieten. Als unser Laden ver-staatlicht wurde, nahmen wir zuhause immer die Seife zum Waschen, denn sie war besser als die „FLORA"-Seife aus der Fabrik.

Opa hatte etwas gegen den Kontakt mit dem jungen „Tomi" János. Er wollte lieber den Metzgermeister, der Mutter auch den Hof machen wollte. Auch ich hatte meine Vorteile bei der Sache, denn ich bekam mal von einem und mal von dem anderem Süssigkeiten. Der Metzger aus Palotás fuhr ein Motorrad mit Seitensitz. Das war damals eine ziemlich große Sache. Er kleidete sich nach typischer Handwerkerart mit Bridgesshose, Birgelistiefel, knielangem Ledermantel und einer Kappe, die aussah wie eine Pilotenkappe und er trug eine Motorradbrille. Mein Opa benahm sich ihm gegenüber sehr respektvoll, als er im Hof eingeparkt hatte, und lud ihn sofort ins Haus ein. Die Mutter kam immer sehr spät nach Hause, weil sie neben dem eigenen Geschäft auch noch die Milch abnahm. Das dauerte immer lange, weil nur abends gemolken wurde, wenn die Kühe von der Weide zurück waren. Also war es oft schon 22 Uhr. Als kleines Kind verbrachte ich meine Zeit bei den Großeltern. Meine Oma war schon die zweite Frau meines Opas. Sie war klein und zierlich. Sie konnte keine eigenen Kinder haben und so übertrug sie ihre Liebe auf mich. Wenn sie ins Dorf ging, ritt ich auf den Schultern der 50 kg-Frau. Sie trottete mit ihrem 5jährigen Enkel im knietiefen Dreck auf der Straße. Außer der Hauptraße gab es nur Feldwege. Es war schwer, zu Fuß zu laufen. Die Bauern pflegten die Wege ziemlich gut mit Glättwalzen, die von Pferden gezogen wurden. Der Glätter machten schöne glatte Strassen, die allerdings bei Regenwetter von den Kutschenrädern schnell wieder kaputt gingen.

Wie gesagt, wir lebten mit dem Opa auf dem gemeinsamen Hof mit noch einer Familie, die hinter dem langen Bauernhaus wohnte. In dem Haus lebte ein Junge, drei bis vier Jahre älter als ich und in unserer Umgebung wohnten noch mehrere Jungen und auch Mädels. Das waren die Spielkameraden, mit denen ich im zerbombten Hof Verstecken gespielt habe. Oder wir haben im Grab „Pipiske" und „Puttyantós" gespielt oder auch oft „Papa und Mama", so wie es sich ein 4jähriges Kind vorstellt. Das Spiel lief so, dass wir unsere Unterschiede berührt haben. Also was einen Bub von einem Mädel unterscheidet. Das waren sehr angenehme Spiele, obwohl wir noch so klein waren. Das Spiel fang so an, dass die Buben sich im Grab versammelten und danach eine Mamapartnerin auswählten. Ich erinnere mich daran, dass ich mir ein blondes ein wenig rundes Mädchen mit Zöpfchen aussuchte, die Marika B. Natürlich nur dann, wenn nicht ein älterer Junge sie vor mir wählte. Da ich noch zu den Jüngeren gehörte, blieb mir meistens die braune Juliska K. Das Paar zog sich dann in unser Versteck unter dem Gebüsch zurück und richtete sich so ein wie die Erwachsenen. Aus großen Blättern machten wir eine Liege, wobei ich als „Mann" die Blätter eigenhändig zusammentragen musste. Bei meinem Paar flocht die Mutter sich einen Kranz für ihre Haare. Aus dem Sammelgut, Obst und Gemüse, das wir aus unserem Garten stahlen, richtete sie das „Mittagessen", an. Danach essen wir die „Mahlzeit" und legten uns dann Hand in Hand ins „Bett".

Wir sahen uns in die Augen und fingen dann an, uns zu küssen, so wie der älteste Junge es uns gezeigt hatte. Wir haben seine Vorführungen getreu nachgemacht. Er hat es schon mit fast allen Mädchen wiederholt. Wir rückten immer nahe zusammen, um unsere Teile aneinander zu reiben. Wir wollten es so machen wie richtige Ehepaare. Eins ist sicher, wir sind vor Eifer rot geworden und wir sind öfters für eine halbe Stunde eingeschlafen.

Am liebsten übte ich mit der Marika B. Unter solchen Umständen verliebte ich mich zum ersten Mal in meinem Leben in Juliska. Sie war die Schönste.

Meine Mutter heiratete 1949 den „Tomi" Jani, obwohl der Opa sehr dagegen war. So bekam ich einen Stiefvater. Von der Taban zogen wir um zur Stiefoma, neben den Schuster Varga, in ein großes Kreuzhaus in der Mitte des Dorfes.

Aber davor passierte etwas Trauriges:

Die Mama Terka, die zweite Frau meines Opas, die mich so sehr geliebt hatte, verstarb unerwartet. Und das kam so. Im Winter wurden bei den Häusern im Dorf Spinnereien und Flechtereien eingerichtet. Die dort versammelten Frauen und Mädchen rupften Gänse und flochten Hanf.

Aus Hanf wob man grobe Tücher. Das vergesse ich nie. Die Gastgeberin, dieses Mal die MamaTerka, richtete für die Gäste Mais mit Mohn an. Der Mais wurde gekocht und dann mit Mohn und Honig bestreut. Es war das Abendessen und es war eine schwere Speise, die leider den Tod meiner Oma verursacht hat. Sie bekam einen Darmverschluss – so wurde es mir erklärt.

Damals wurden Beerdigungen im Haus vorbereitet. Der Leichnam wurde zu Hause bis zum Tag der Beerdigung in einem Zimmer aufgebahrt. Von dort wurde er mit der Pferdekutsche zum Friedhof gebracht. Es war eine verzierte, schwarze Kutsche. Mama Terka lag in dem Zimmer in ihrem Sarg. Man hatte sie mit einem Bettlaken bedeckt, damit die Katze ihr Gesicht nicht zerkratzte, denn so etwas kam manchmal vor.

Meine älteren Cousinen erschreckten mich sehr. Als die Erwachsenen nicht im Zimmer waren, nahmen sie mich mit, um dort zu spielen. Wir liefen um den Sarg herum. Plötzlich riss eine das Bettlaken von der Mama herunter. Die Mama hatte so unnatürlich dagelegen. Der Rosenkranz in ihrer Hand und das Gebetsbuch hatten mich so erschreckt, dass ich kreischte wie am Spieß. Die Mädels hatten keine Zeit, die Tote wieder zuzudecken. Die Erwachsenen waren sofort zur Stelle und die Mädchen bekamen auf den nackten Po. Davon wurde das Stimmengewirr noch lauter, denn sie brüllten mich an.

Ich denke diese Beerdigung blieb nicht nur mir so in Erinnerung. Wie gesagt, meine Mutter hat geheiratet. Der Opa hat den Schwiegersohn nur „Tomi" genannt und dabei blieb es für immer. Wir zogen aus der Tabán ins Dorf. Ich verlor den Kontakt zu meinen Spielkameraden. Das Verhältnis zu meinem Stiefvater war nicht wolkenlos. Wenn ich zurückdenke, bekam ich Schläge für nichts. Ich wollte keine Pflaumenmarmelade auf meinem Brot, nur Aprikose. Deshalb wurde ich versohlt. Die Stiefoma, die Tante Panka, hat mich gegen ihren Sohn verteidigt. Sie war tief religiös und ertrug kein Unrecht.

Mein Stiefvater war ein grober Mensch. Seine „Anfangsliebe", die er für meine Mutter gezeigt hatte, veränderte sich mit der Zeit. Er und sein Vater kamen oft betrunken nach Hause. Man kann nicht behaupten, dass er Alkoholiker war, aber er liebte den Suff und das, obwohl sie Motorrrad fuhren, in dem hatvaner Zielbetrieb, in dem mein Stiefvater Lokomotivführer war und sein Vater der Bremser.

Der ältere „Tomi" hat schon in der Horthy Ära Rente bekommen für seinen Dienst als Zuchthausaufseher. Aber die neue Rakosi-Regierung beschlagnahmte sie und er musste noch weitere 10 Jahre für eine lächerlich niedrige Rente schaffen gehen. Er war 70 Jahre alt! Als sein Sohn aus der Kriegsgefangenschaft kam, war er auf 46 kg abgemagert und überzeugter Kommunist. Seine Ideologie hat ihm nicht geholfen. Er wurde zum Innenministerium einberufen, aber da wollte er nicht hin.

„Ich will jeden Abend den Kirchturm in unserem Dorf sehen." Obwohl er nie in die Kirche gegangen ist.

„Ich war weit genug weg", meinte er.

Er war 8 Jahre lang Soldat, einschließlich der Gefangenschaft. Plus drei Jahre Soldatenstand in den 1930er Jahren. Das sind zusammen 11 Jahre.

Aber dass er sein Dorf nicht verlassen hat, hat er oft bereut. Man weiß, dass die Kommunisten zueinander auch kein Vertrauen haben und sie sich auch gegenseitig umbrachten. Dafür gibt es aber nirgendwo Beispiele. Die beiden fuhren mit einem 125 kubikmeter „Csepel" Motor zur Arbeit. Es kam oft vor, dass mein Stiefvater seinen Vater vom Rücksitz des Motorrads verlor. Dann kehrte er um, um den Alten zu suchen und nach Hause zu bringen. Ihm ist nie etwas passiert, wenn er vom Motorrad stürzte. Der Alte schlummerte immer friedlich am Graben.

Mein Stiefvater nahm meine Erziehung sehr ernst. Er war zu streng. Ich war kein böses Kind, nicht einmal lebhaft. Trozdem musste ich oft barfuß in der Ecke büßen oder auf Mais knien. Den Grund der Strafe konnte ich nicht nennen. Wegen der Barfußstrafe war ich sehr sauer auf ihn, weil es zu kalt war. Vielleicht tat er es deshalb, weil er es so kannte. Er hat selber erzählt, dass er in Gefangenschaft Viehrübenblätter gestohlen hatte, um ein wenig mehr Kalorien für den späteren Minister zu schaffen, der sein Kamerad war. Dafür, wegen ein paar Gemüseblättern, musste er lange im Winter im Schnee barfuß vor der Baracke stehen.

Meine Schulzeit fang schlimm an.

Als Einführung muss ich erwähnen, dass, bevor wir zu Oma zogen, eine junge Frau, die Lehrerin der ersten Klasse, bei ihr gewohnt hat. Ich kann über sie nichts sagen, ich habe nur von den anderen gehört, dass sie eine leichtfertige Frau war. Die Oma Panka war sehr religiös, sie hat es auch gehört und ihr deswegen sofort gekündigt. Als ich in die erste Klasse zu dieser Lehrerin Eva kam, ließ sie mich durchfallen lassen; höchstwahrscheinlich kein Zufall, sondern Rache. Der Stiefvater glaubte auch nicht, dass ich so dumm war und veranstaltete einen großen Krach in der Schule. Der Direktor und andere Lehrer waren bei der Wiederholungsprüfung auch dabei. Ich kam dann gut in die zweite Klasse. Was mit der Lehrerin Eva passierte, weiß ich nicht. Ich war ihr wahrscheinlich ein Fehlschlag, weil ich in der zweiten Klasse ein Ausgezeichnet bekam. Ich musste in der Klasse die Schwächeren korepetieren. Ich erinnere mich an einen, dessen Spitzname Mujko war und der nicht lesen konnte. Mit ihm musste ich auf dem Fenstersims sitzend üben. Er war kleinwüchsig und sein Name war Jóska. Wenn wir „Peitscher" spielten, war er die „Keule". Bei der „Peitsche" mussten sich die Kinder der Körpergröße nach in eine Reihe stellen und der Kleinste war am Ende, die Keule. Die Kinder hielten sich an den Händen und der Größte fing an zu laufen, drehte sich dann plötzlich in die andere Richtung und die Keule am Ende fiel um.

Das Spiel machte am meisten Spaß, wenn der Hof nach dem Regen sehr dreckig war. Man kann sich vorstellen, wie die Kleidung von Mujko ausgesehen hatte.

Nach dem ersten halben Jahr zogen wir nach Kartal, wo mein Stiefvater arbeitete. Wir hatten in der Feldjägerkaserne eine Wohnung bekommmen. Das Gebäude war so groß, dass es vier Familien Platz bot. Wir bewohnten eine Küche und ein Zimmer, von der Straßenseite aus gesehen, neben uns lebte Familie Kertész. Kertész heißt Gärtner und das war auch sein Beruf. Er lebte zusammen mit seiner

Schwester, einer alten Jungfer. Hinter uns ist die Familie Huszár eingezogen. Er eröffnete dort sein Barbiergeschäft. Hinter ihnen wohnte ein Lehrerehepaar. Hinter dem Haus standen in der Reihe die Holzkammern, für jede Familie eine. Oben auf der Halde stand noch ein Haus. Hier wohnte der Pista D. Er war älter als ich und war bei den Spielen immer der Bandenführer.

Wir spielten meist Soldaten oder Indianer und wir kämpften immer gegen die Kinder von der anderen Seite des Dorfes. Unsere Gruppe hieß nach der Wiese: „Kleinwiesergruppe". Über der Kleinwiese gab es eine neue Siedlung.

Dort verkehrte ein Kleinzug nach Aszód. Dieser Kleinzug war erst im Herbst bedeutend. Er lieferte die Zuckerrübenernte zu den großen Waggons nach Aszód, von dort nach Hatvan in die Zuckerfabrik. Auf dem Rückweg brachte er Rübenscheiben für das Vieh mit. Mein Stiefvater „Apuka", (so nannte ich ihn) war der Kleinzugführer, „TRESINA-Führer" – Tresina hieß der Dieselmotor.

Man konnte die Lattenseite einfach öffnen und die Mengenware fiel durch ihr Gewicht herunter. Im Sommer musste man bei dem Kleinzug immer alles erneuern. Die Holzbalken austauschen wenn sie morsch waren; die ausgemusterten Stücken wurden für die Mitarbeiter als Feuerholz billig verkauft. Das waren große Holzstämme, nicht für Kinder, aber ich musste es doch sägen und hauen. Im Sommer musste ich neben den Schienen das Gras mähen. Oder Rüben hacken, Heu wenden, Stroh bündeln, ein Bauerkind hatte nie Urlaub, ich hatte nie Zeit. Ein bis zwei Wochen vor Schulbeginn ließen die Eltern ihren Kindern ein bisschen Ruhe. Der Fußballplatz war vor der Feldjägerkaserne, im Schlosshof. Dort spielten wir regelmäßig Fussball mit einem Stoffball. Dafür wurden Strümpfe mit Stoffresten ausgestopft. Einmal hatten wir einen Ball, im Inneren ein richtiger Gummiball, aber auch in den Stoff eingenäht. Diesen behandelten wir mit größter Vorsicht, aber einmal war auch er kaputt gespielt. Obwohl wir ihn nur bei einem Match nahmen, wenn wir gegen einer gegnerische Gruppe spielten. Es waren echte Championate, aber genauso haben wir gegeneinander Kriege geführt. Nach einem Match badeten wir im großen Brunnen. Er hatte einen Durchmesser um 15 m und war vier bis fünf Meter tief. Es gab noch einen See zum Baden, aber der war nur einen Meter tief. Wir haben dort nicht gebadet, weil die Bauern die Pferde mitsamt Karren dort hineinführten.

Das Wasser war dreckig. Wenn die Kinder dort badeten, hatten sie danach einen Schnurrbart aus Schlamm. Der See ist entstanden, weil die Zigeuner dort den Lehm für die Ziegel, aus denen sie ihre Häuser bauten, abtrugen. Wir waren lieber im Winter am See, wenn man auf dem Eis laufen konnte. Wir Kinder wünschten uns zu Weihnachten immer starke, feste Schuhe mit Nägeln, die das Christkind auch meistens brachte. Im Frühling brachen große Tafeln aus dem Eis, die man als Floß benutzen konnte. Manchmal fielen wir ins Wasser, wurden patschnass und mussten anschließend neben dem Ofen trocknen.

Als ich in die kartaler Schule kam, waren wir 65 Kinder in der Klasse, alles Jungs. Unsere Schule lag in der Nähe der Feldjägerkaserne. Die Lehrerin hieß Christina. Sie war immer sehr elegant, trug eine Brille. Wir liebten sie und sie hat nie geheiratet. Wir alle wussten, dass sie in den Direktor verliebt war. Das war im ganzen Dorf bekannt.

Für mich war die Schule problemlos, weil ich sehr gut gelernt habe. Nur selten bekam ich schlechte Noten. Wenn ich im Unterricht gut aufpasste, dann wusste ich schon alles. Nur Gedichte musste ich lernen. Literatur mochte ich sehr, ich war ein Bücherwurm, ein „Allesfresser". Wir wohnten in der Feldjägerkaserne, bis ich die 5. Klasse abgeschlossen hatte.

Wie schon gesagt traf unsere Gruppe von Kleinewiese sich immer am großen Graben. Der große Graben führte zum Haus von Istvans D., das ganz in der Nähe war, der Garten war fast angrenzend.

Auf der anderen Seite war die Kleinzuglinie. Sie führte Richtung Magyalos Hof und nahm bei dem großen Graben eine Biegung zum Gyurka Major. Vom Gyurka Major aus fuhr der Kleinzug auf die Anhöhe, zu dem Stummelbaum bei Magyalos. Der Stummelbaum war ein Akazienbaum, der immer vom Sommergewitter getroffen wurde.

Auf der Halde oben war das Eisenbahndepot für die Waggons und das Warenlager.

Die Kinder ließen die leeren Waggons von hier oben fahren. Da sie sie aber in der Kurve nicht mehr lenken konnten, landeten sie im Garten des Zigeuners Rezsös.

Wegen des Kleinzugs bezog ich einmal ohne Grund eine riesige Tracht Prügel, an einem frühen Nachmittag im Herbst. Vormittags war ich in der Schule, danach waren wir bei meinem besten Freund Jakec, der 100 m von uns entfernt wohnte. Ihr Garten zog sich bis zum Kleinzug. Zwischen dem Garten und den Schienen wuchs Gebüsch. Jakec behauptete, dass sich unter dem Gebüsch der Eingang zu einem Bunker, in dem deutsche Gewehre aus dem zweiten Weltkrieg lagerten, befand. Als Beweis zeigte er eine deutsche Pistole. Wir haben sie ein paarmal ausprobiert und sie funktionierte. Wir hatten keine Angst und gingen damit auf Hasenjagd. Es wurde schon dunkel und wir suchten unter dem Gebüsch. Es war nicht so schlimm, nur an dem Abend von dem Stummelbaum. Eine Kindergruppe ließ drei oder vier Waggons los, die immer schneller und schneller wurden und weil sie keiner bremste, fuhren sie weiter und landeten beim Hof des Zigeuners Rezső. Mein Vater wurde sofort über den Fall benachrichtigt. Er rannte kopflos zwischen den Schienen in Richtung Gyurka Major. Jakec, ich und Pista D. spazierten zu dritt nach Hause. Apuka bemerkte uns und schrie:

„Jetzt habe ich euch! Was habt ihr für Schweinerei gemacht?"

„Wir haben nichts gemacht!" Jakec und ich versuchten, die Lage zu erklären, aber da hatten wir schon unsere Ohrwatschen weg. Ich flog in den Graben, wurde aufgefangen und bekam noch Schläge mit einem Zweig. Innerhalb von Minuten hatte ich überall rote Schwellugen und brüllte wie am Spieß.

„Apuka, Apuka ich habe nichts gemacht!" Er aber tat so, als hätte er nichts gehört und schlug mich weiter. Als er damit fertig war (er sagte er sei jetzt erschöpft), lief ich weiter zum Gyurka Major und trottete weinend nach Hause. Meine Mutter steckte mich ins Bett. Als Apuka verärgert zurück war, schlief ich schon ganz tief. Als meine

Mutter am nächsten Tag die roten Spuren an meiner Haut entdeckte, ließ sie mich nicht in die Schule.

Ich durfte nicht aus der Wohnung. Sie zwang mich, im Bett zu bleiben und sagte allen ich sei krank. Meine Mutter legte mir kalte Umschläge auf die roten Striemen, von denen ich lange etwas hatte. In der Nacht bekam ich mit, wie Mutter mit Apuka schimpfte; ich denke sie hatten ein paar Tage Sendepause. Damals war meine Mutter 30 Jahre alt.

Unsere Gruppe trieb ähnliche Spiele wie die anderen Kinder aus den anderen Teilen des Dorfes. Draußen Fussball mit unseren selbstgemachten Stoffbällen – wir hatten kein richtiges Spielzeug und haben es eben selbst hergestellt.

Krieg spielten wir mit Dreckknödeln. Der Knödel wurde auf einem 50 cm langen Zweig befestigt und so weggeschleudert. Das tat sehr weh. Die Feinde bildeten gegenüber eine Kette.

Da gab es die Auffüller, die die Munition nachluden. Der Ausgang des Krieges hing davon ab, welche Qualität die Dreckknödel hatten. Auch die Mädels durften mitmachen.

Den Dreck musste man in der Hand kneten und dann auf den Boden schlagen, wodurch er härter und eckig wurde. In den Würfel arbeiteten wir eine kleine Mulde ein, spuckten hinein und machten alles wieder zu. Damit war der „Putyingo" fertig. Jetzt musste man ihn auf den Boden schlagen. Die Luft strömte heraus und es gab einen Knall (puty). Solches Schussmaterial hatten wir gesammelt und unter großen Blättern versteckt. Es kam vor, dass die andere Gruppe, die „Achthunderter", alles stahlen, unser Gewehr, den Indianerschmuck usw. Wir bekamen es nie zurück.

Einmal machten wir das Versteck der „Achthunderter" ausfindig, fanden aber keine Sachen von uns. Entweder hatten sie schon alles anderswo deponiert oder wir waren falsch informiert.

Die „Achthunderter" hießen so, weil die Felder, wo sie herkamen, 800 qm groß waren.

Wenn man die „Achthunderter" bei der Kirche erreichen wollte, musste man an der Arztwohnung und der Praxis vorbei und durch den

Friedhof gegenüber der hatvaner Reihe laufen. Häuser standen nur an einer Seite der hatvaner Reihe. Unter der Panzern gab es große Kämpfe in der hatvaner Umgebung. Als es keine Front mehr gab, standen 34 ausgemusterte Kampfwagen in diesem Gebiet. Man konnte auf dem Acker Hände voll Schießpulver sammeln. Wenn man es auf der Erde anzündete, flammte es mit zischenden Lauten auf und verbrannte schnell.

Die Kinder der „Achthunderter" brachten dauernd Schießpulver mit in die Schule, das als Tauschware für Soldatenknöpfe diente, mit denen wir das Knopfspiel spielten. Oder für 10, 20 Pfennige aus Kupfer für das Burgschießen. In dieser Zeit gab es Pfennige (Fillér) nur aus Aluminium. Kupfer war für das Burgschießen wegen seines Gewichts besser.

Mit dem zischenden Schießpulver ereignete sich ein denkwürdiger Fall.

Damals heizte man in der Schulklasse mit Kohle. Wenn die Kohle ausgegangen war, bekamen wir Kohlenurlaub. Unsere Klasse war mit 60 Kindern die größte in der Schule. Neben der Tür spendete ein fast 2 m hoher Eisenofen Wärme. Er rauchte oft wie ein Schlot. Manchmal halfen wir auch mit ein wenig Wasser nach oder wir pinkelten einfach darauf. In solchen Fällen musste man die Klasse durchlüften, was uns 8-10 Minuten Pause einbrachte.

Einmal füllte der Schuldiener in der Pause wieder einen Eimer Kohle in den Ofen und die „Achthunderter" legten darauf eine Handvoll Schießpulver. Wir warteten aufgeregt auf die Lehrerin, ein paar 4 bis 5 Jahre ältere Jungen saßen hinten auf der „Eselsbank", sie hatten gekichert. Die Mehrheit saß ungewöhnlich still.

„Guten Tag Kameraden!", sagte die hereintretende Lehrerin.

„Guten Tag, Tante Lehrerin!", sagten wir im Chor. So nannte man sie in der Rákosi Ära.

„Nehmt Platz! Heute…" – Weiter kam sie nicht wegen der riesigen Explosion. Alle Fenster flogen raus. Die Lehrerin stand starr an ihrem Tisch, kreischte und fang an zu weinen. Das Chaos war wahnsinnig. Die Tür wurde von der Explosion aufgerissen. Es gab Rauch, die Ofenrohre sind zerfallen, man hat nichts mehr gesehen. Die Lehrerin lief in das andere Gebäude zum Direktor. Wir strömten alle auf den Hof hinaus. Der Schuldiener kam gleich an, stellte den Ofen wieder zusammen und schickte nach dem Lüften ein paar Lehrer und uns in die Klasse. Der Direktor, der fast 2 m groß war, kam dann mit einem hölzernen Tafelzirkel in seiner Hand. Den hatte er immer dabei. Wir standen neben den drei Bankreihen.

Der Direktor ging nach vorne zum Tisch und lehnte sich an den Tafelzirkel. Es herrschte Totenstille. „Nun Kinder, wer war das?" – Keine Antwort.

„Dann geht ihr alle einzeln geduckt an mir vorbei, knöchelhaltend." Er ließ den großen Zirkel in seiner Hand schwingen.

Ich stellte mir vor, wie fest man jemand damit auf den Po schlagen konnte und ich hatte Angst. Wenn die Kinder nacheinander am Direktor vorbei gingen, schlug er immer kräftig auf den Po.

Es war zu sehen, dass es bei den Schlägen deutliche Unterschiede gab. Die, die gut lernten, bekamen weniger. Das galt auch für mich. Aber die Sitzenbleiber bekamen ehrenhafte Schläge, so richtig. Wenn ich micht recht erinnere, wurden die 60 Kinder dreimal durchgenommen. Nach eine Reihe fragte er immer: „Meldet sich schon jemand?"

Die Antwort war immer nur Stille. Es war Winter. Im Winter reichte die Heizung oft nicht aus. Manche trugen unter der Hose noch eine Trainingshose oder sogar zwei oder drei.

Die zwei Sitzenbleiber waren wahnsinnig böse Jungs. Sie hatten wegen der regelmäßigen Schlägereien einen Sack unter der Hose, der sie gut schütze.

Die anderen Lehrer schlugen eher auf die Nägel. Als der Direktor schon erschöpft war, beauftragte er einen anderen Lehrer, die Strafe fortzusetzen. Wer der Täter war, kam nie ans Tageslicht.

Die beste Unterhaltung für uns Kinder war das Sonntagnachmittagskino.

Normalerweise wurden gute russische Filme gedreht, die waren denkwürdig: „Die mutigen Menschen" – ein Film über die

Revolution, „Tschapajev", „Aurora" und so weiter. Selten gab es italienische oder franzözische Filme.

Die Matinee begann um 15 Uhr oder auch um 17 und 19 Uhr. Das Kino hatte einen kleinen Vorraum und oben das Projektorhaus für Schmalbandfilme.

Die Vorführung begann immer mit den Nachrichten, kam aber erst mit einmonatiger Verspätung zu uns. Während der Filmvorführung gab es auch Unterbrechungen.

Im Kino ging es nie ordentlich zu. Dauernd wurde geraucht, die Asche wurde in den Händen versteckt. Den Rauch konnte man schneiden, auch scharfe Filme waren nicht klar zu sehen.

Die „Kleinwiesen"-Gruppe kam nach dem Sonntagsessen im Kino zusammen.

Die Eintrittskarte kostete 1 Forint 50 Fillér. Die Eltern gaben noch 1 Ft für Bonbons, Eiskrem oder Kürbiskerne dazu. Den Einkauf teilten wir innerhalb der Gruppe auf und wir bekamen bei einem Bauern für 50 Pfenning ein großes Glas Kerne in die Hosentasche. Eiskrem kam mit einem Dreirad aus Aszód. Der Besitzer hieß Dezső. Dieses Eis war Wassereis und schmeckte uns nicht, deshalb kauften wir dort nichts. Dezső ging nach jedem Kreis im Dorf in die Kneipe und bis er alles verkauft hatte, war er schon betrunken.

Manchmal kam auch seine Frau mit, um Bonbons zu verkaufen. Dabei behielt sie dann ihren Mann im Auge, damit er nicht trank. Vor der Vorführung ließ man die Kinder einzeln hinein. Wenn das Haus fast voll war, durften sie hineinströmen. Sie strampelten sich ab wie eine Herde. Dann kam es vor, dass die Vorführung kostenlos war. Im Zuschauerraum herrschte ein Tummel und Lärm und Chaos. Die Schubserei schien ganz normal zu sein. Die Gruppe versuchte, in einer Reihe zu sitzen. Unser Gruppenführer, der Pisti D., suchte immer eine Reihe, vor der die Mädels saßen. Wenn der Film anfing, fingen auch die Betastungen an. Die Jungs wollten die vor ihnen sitzenden Mädels begrapschen. Mal mit Erfolg, mal hat es laute Empörung hervorgerufen. Alles hing davon ab, wie alles vorbereitet war. Gute Vorbereitung hieß: die Namen des zusammenzubringenden

Paares waren auf das Tor oder an die Wand geschrieben, so etwa: „Aniko K. und Jancsi N. sind ein Paar. Sie hatten sich schon geküsst!" Die so gezeichneten Paare versuchten im Kino hintereinander zu sitzen oder nebeneinander. Es waren Paare, die sich lieb gestreichelt haben, andere kicherten noch oder schubsten sich gegenseitig.

So hatte auch ich meine Teenager-Liebe. Mal war ich der Initiator, aber es konnte auch das Mädchen sein. Das waren Marika, Juliska, Erzsike, aber die erinnerungswürdigste war Marika. Meine Beziehung mit der kleinen Marika ist deshalb wichtig, weil sie trotz ihres jungen Alters schon schön entwickelt war und nie nein sagte. Wenn ich an ihre streichelnden Hände denke, fängt mein Schoß noch immer an zu zittern. Wenn wir nicht ins Kino gingen, organisierten wir Kartenspiele im Schlosspark.

Die Basis waren 10 Fillér beim „Blind 21er". Man gab eine Runde, und bei gleichen Werten teilten die Spieler untereinander.

Im Schlossgarten gab es immer etwas Interessantes.

Dort weideten wir die Kühe, die den Eltern der „Kleinwiesen"-Kinder gehörten.

Pista D.s Eltern hatten eine schwarze Kuh, die hieß „Kaffe", Jakecs hieß „Juci" und dann gab es noch eine in der Herde. Sie weideten friedlich im Garten und wir spielten neben ihnen Fussball; es gab keine Sorgen.

Manchmal kamen für ein paar Tage Oláhzigeuner. Die schlugen hier ihr Lager mit dem Zeltwagen auf. Der Bürgermeister erlaubte keine längere Bleibe. Später, in den 1960er Jahren hieß es, Aszód habe seinen Rang als Gemeindezentrum durch Gödöllö verloren. Angeblich weil der Kunstschnitzer-Zigeuner sich niederlassen durfte. Eins ist sicher, einige blieben neben Máriabesnyő bei der Kirche. Wir, als neugierige Kinder, hörten auf, Fußball zu spielen, um die Zigeuner zu beobachten. Wir tarnten uns und taten, als passten wir nur auf die Kühe auf. Normalerweise machten sie Feuer, um das in einem anderen Dorf gestohlene Kleinvieh zu rupfen. Da war ein alter Mann mit langer Pfeife. Das Huhn war schon für den Kessel vorbereitet. Den Darm zog er zwischen zwei Fingern durch, so wurde er vom

Darminhalt gereinigt. Danach auf einen Stock aufgezogen und so über der Flamme gebraten. Das gab so einen Gestank, dass wir nicht länger bleiben konnten. Aus größerer Entfernung beobachteten wir, dass der Alte es salzte und mit gutem Appetit verzehrte. Über die Oláhzigeuner hörte man immer unmögliche Geschichten. Sie würden Kinderfleisch essen. Oder kleine Mädchen köpfen und ihr Blut trinken. So etwas erzählten hauptsächlich die größeren Kinder und die hörten es von ihren Eltern. Und das, obwohl sie in unserer Umgebung nicht einmal ein Huhn entwendet hatten!

Ein Zigeunermädchen interessierte uns besonders. Sie war 14 bis 16 Jahre alt. Das Mädchen badete mit uns in Rock und Bluse im Brunnen. Wir bestaunten ihren spitzen Busen, der sich unter ihrer Bluse abzeichnete. Ihre harten Warzen machten alle Kinder verrückt, das wusste sie ganz genau. Richtig interessant wurde es, wenn sie ihre Muschi im Gebüsch für 50 Filler zeigte. 2 bis 3 Kinder trugen das Geld zusammen. Damals kostete 1 kg Brot 1,50Ft.

Diese Beschaffung musste bei der Zigeunerfamilie bekannt sein, weil das Mädchen 2 bis 3 Röcke hatte, die alle oben in schmale Schleifen gerissen waren. Die verschob sie nach links und rechts und zeigte uns ihr schwarzbehaartes „Mädchenherz". Wir „erfahrenen" Kinogänger wussten schon, dass das Herz der Mädchen dort unten schlug.

Unser Lieblingsspiel war das „Pinzke". Es handelte sich um einen Zweig, der an beiden Enden 10 cm lang zugeschnitzt war und in der Mitte war 4 cm der originale Durchmesser gelassen.

Der Pinzkeschläger: eine 50 cm lange Latte, an einem Ende der 10-12 cm breite Teil etwas schmal geschnitzt, der diente als Handgriff. Mit dem Pinzkeschläger hob man den Pinzke hoch und mit einem zweiten Schlag flog der Pinzke weiter. Der gegenüber Stehende fing den Pinzke mit seiner Mütze auf. Wenn es geklappt hatte, gehörte ihm das Spielrecht. Das Spielrecht konnte man auch noch wegnehmen, wenn der Pinzkeschläger senkrecht hinter der Spiellinie stand von einem herunter gefallenen Pinzke mit einem Schlag vom Gegner getroffen wurde.

Der Spieler, dessen Schläger den Gegner nicht getroffen hatte, sagte eine Zahl, zum Beispiel 100. Die Zahl bedeutete, wieviel Schlägerlängen seiner Meinung nach die Entfernung zwischen der Spiellinie und dem herunter gefallenen Pinzke war. Man nahm die Schätzung an, weil Eingeübte es richtig einschätzten. Wenn jemand es nicht akzeptierte, musste abgemessen werden. Das war keine leichte Aufgabe. Zum Beispiel hieß ein „200." in hockender Stellung mit dem Pinzkeschläger 200 x drehend vorwärts kommen. Wir spielten beim Christuslein. Das Christuslein war ein Steinkreuz gegenüber der im Schlossgarten eröffneten „Messerwerferkneipe" und daneben stand ein riesiger Judenkirschbaum. Wenn sie schon reif waren, haben wir die etwas süßlichen Beerenfrüchte sehr gerne gegessen.

Das Schlossberger Schloss wurde abgebrochen und auseinander getragen. Aus dem Baustoff baute man einen hohen Zaun um die Schule. Ich erinnere mich noch gut daran, wie die Wände mit Kampfwagen bemalt wurden.

Auch die alten Bäume im Schlossgarten mussten dran glauben. Nur der steinerne Pferdestall ist geblieben. Es wurde in eine Kneipe umfunktioniert.

Hinter der Kneipe wurde eine Kegelbahn gebaut. Wir Kinder aus der Umgebung stellten die Kegel auf und rollten die Kugel zurück. Der Aufsteller musste hinten am Bahnende stehen und die Kugel in der Holzbahn zurückrollen. Der Verdienst hing davon ab, wie viele spielten. Nach dem dritten Spiel musste man den Aufstellerkindern 50 Fillér zahlen oder 1 Forint.

Bei der Kneipeneröffnung gab es eine Schlägerei und so kam sie sofort zu ihrem Spitznamen „Messerwerfer". Sie heißt wohl bis heute noch so, falls sie noch existiert.

Als ich 12 Jahre alt war, arbeitete ich schon im Sommer in der landwirtschaftlichen Produktionsgenossenschaft. Die Arbeit bestand aus Hacken, Weizen binden, Klee drehen und noch anderen Dingen.

Natürlich waren immer Erwachsene da, die sagten, was zu tun war. Am Wochenende gab es in der Zentrale überall Großputz. Dann durfte nicht einmal ein Strohhalm auf dem Boden liegen. Wir hatten große Rutenfeger für den Hof. Der Rasen wurde mit einem Rechen durchkämmt. Die Ställe glänzten vor Sauberkeit und auch die Kühe und die Pferde. Alle waren gebürstet. Ich denke die Kinder von heute würden nur schmunzeln, dass auch die Heuhaufen noch gekämmt wurden.

Diese Art der Sorgfältigkeit hatte ich noch nie anderswo erfahren, aber heutzutage absolut nicht.

Die Wirtschaftswege wurden geglättet und die Gräben gesäubert. Die Steinstraßen wurden auch in Ordnung gehalten und das Gras am Rand gemäht.

Über den heutigen Zustand reden wir besser nicht. Man bereitete sich gründlich auf die Getreideernte vor. Die Frauen strichen die Lagerräume außen innen, und auch wir Kinder, wenn es uns zugewiesen wurde. Im Kornhaus mussten wir den restlichen Weizen, Roggen und Mais in Säcke füllen.

Auch Schnaps und Speck waren rechtzeitig zur Ernte da.

Der Speck war nicht geräuchert, sondern nur gesalzene Rohware. Der Kornhausaufseher, der Onkel Feri. Sz. hängte ihn an dem Balken auf, wo auch das Werkzeug war.

Der Ernteschnaps befand sich in großen Holzfässern, die ins Sacklager gestellt wurden. Die Stöpsel im Fass wurden mit Wachs versiegelt. Manch einer kam auf die Idee, Fässer zu stibitzen. Sie bohrten durch den Holzstöpsel und saugten den Schnaps mit einem Strohhalm heraus. Danach wurde der Stöpsel mit Brotmasse zugemacht und das Wachs wieder erneuert.

Morgens gingen die Männer meistens zum Schnapsheben. Diesen Trick kannten aber nicht viele.

Die Kinder mussten die Ernte wenden. Wir gingen ins Lager, um Säcke zu holen.

Ein Arbeiter saugte gerade Schnaps aus dem Fass. Wir hatten alles gut beobachtet. Wir wollten auch Schnaps saugen, deshalb hatten wir einen Beobachterposten organisiert. Alle Kenner wissen, dass der Schnaps gut wirkt, wenn man ihn langsam, schluckweise trinkt.

Was könnte noch wirksamer sein als durch einen Strohhalm gesaugter Schnaps? Wir waren zu fünft und alle schwer betrunken. Dieser Schnaps war nicht stark, aber wir Kinder wurden davon krank. Unser Glück war, dass wir am Vormittag gesaugt hatten und es bis zum Nachmittag keine Kontrolle gab. Am Nachmittag um 16 Uhr waren wir wieder nüchtern und bis der Brigadeführer mit der Anwesenheitsliste kam, waren wir in Ordnung. Bis 18 Uhr hatten wir noch ein bisschen geschafft.

Zu Arbeitsbeginn, mittags und zum Schluss wurde in der Landwirtschaft mit einer kleinen Glocke geläutet. Auch wenn es irgendwo Feuer gab, bimmelten die Glocken. So wie in der Kirche. Die ganze Zeit stand im Kirchturm eine Feuerwache, die freiwillige Feuerwache war immer in Bereitschaft. Tagsüber wurde diese Aufgabe von den Kindern erledigt, abends übernahmen die Männer. Die Kinder waren Kinder der Bauern und ihre Freunde. Der Turm hatte vier Öffnungen, von denen aus man das ganze Dorf bis an die Grenzen beobachten konnte. Gott sei Dank gab es selten ein Feuer.

Nur ein einziges Mal brannte ein Bauernhof. Die Kinder hatten beim Spielen nicht aufgepasst. Die verbotene Raucherei im Heuhaufen – so etwas hatten wir auch gemacht. Wir hatten Zigaretten aus den dem Tabak aus Kippen in Papier gedreht. Die bäuerlichen Höfe lagen sehr dicht zusammen. Hätte ein Heuhaufen Feuer gefangen, dann hätte dies ein schreckliches Ende für das Dorf bedeutet.

Als ich die siebte Klasse fertig machte, bekam ich erst ernsthafte Arbeit: ich musste Wasser tragen in einer Einlieger-Tagesarbeiter-Mädchenbrigade.

Die Einlieger waren schon im Winter eingestellt, damit man rechtzeitig Arbeitskräfte hatte. Der Vertrag wurde um die Mindesttage geschlossen. Die Einlieger kamen aus den Nachbardörfern, meistens junge Mädchen. Sie mussten Unkraut hacken, denn zu dieser Zeit gab noch keine Unkrautvernichtung. Die Zuckerrübenfelder sorgten für reichlich Arbeit; die Zuckerrübe musste dauernd gehackt werden. Die Wasserträger mussten die Arbeiter mit Trinkwasser versorgen. Das war nicht einfach, denn das Wasser sollte immer frisch in Bereitschaft gestellt werden.

Zu den Rübenfeldern war es manchmal ziemlich weit wegen der Saatfolge. Wenn die Gruppe in der Nähe arbeitete, war die Wasserversorgung einfach, aber die Gehöfte lagen mehrere Kilometer auseinander. So benutzte die Genossenschaft sogenannte Wassertanks. Der Nachteil war, dass das Wasser schnell abgestanden war und der Wasserträgerjunge dann das frische Wasser zu Fuß von weit her holen musste.

Die Wasserqualität wurde auch durch den Behälter beeinflusst. Es gab überwiegend nur Aluminiumkannen. Wenn man eine Emaillekanne hatte, wurde sie wie ein Schatz behandelt. Sie hielt das Wasser länger kalt und es behielt seinen Geschmack.

Der Kannendeckel diente als Trinkglas. Er musste nach jedem Trinker ausgespült werden. Wir boten zuerst den Menschen am Ende der Reihe Wasser an.

Jede Brigade wurde von einem Mann geführt, ihm mussten wir zuerst zu trinken geben. Der Brigadenführer schrieb die Anwesenheitsliste und zeichnete das gehackte Feld ein. Er ging immer hinterher und kontrolliete die Arbeit. Wenn er einen oder zwei Grashalme sah, zupfte er sie raus. Bei größeren Schlampereien rief er den Täter zurück, um alles auszubessern.

Heute gibt es nur chemische Unkrautvernichtung. Man hört auch wieder von der Bio-Landwirtschaft, aber die wird leider von wenigen betrieben, obwohl dieses Verfahren überall herrschen sollte. Als früher der Klee blühte, befreite man ihn auch mit der Hand von den Schädlingen.

Dies geschah mit einem 4 Meter langen in Melasse getränktem Stoff, der von zwei Menschen getragen wurde. Der klebrige Stoff berührte die Blühte oben und das Ungeziefer klebte daran fest. Wenn die Reihe fertig war, wurden die Käfer am Ende auf dem Boden zerstampft. Melasse, ein Nebenprodukt der Zuckerherstellung, ist so dick wie Honig und klebt auch genauso gut.

Für die Kühe und Pferde bereiteten wir eine Mischung aus zerkleinerten Maisstängeln und Zuckerrübe, die auch mit Melasse angereichert war. Diese wurde in einer Betonwanne aufbewahrt. Das Zerkleinern des Materials war Aufgabe der Kinder, die das ganze Jahr über gemacht wurde.

Noch ein paar Gedanken zur chemiefreien Ungeziefervertilgung: Ende Mai auf den Kleefeldern war es eine nützliche Beschäftigung der Kinder, die Maikäfer einzusammeln. Spätnachmittags konnte man die fliegenden Käfer gut sehen und sie einfach mit der Mütze fangen. Die Maikäfer waren ein hervorragender Fraß für die Hühner, hauptsächlich für die Legehennen. Es hilft angeblich bei der Eischalenbildung. Wir haben die Hühner sehr fleißig gefüttert. Nach 1956 kam zu uns als große „Hilfe" der Coloradokäfer aus Amerika. Er sicherte wieder Arbeit für die Kinder. Wir sammelten sie mit der Hand, zusammen mit den ekligen Larven. Das war eine Aufgabe, die man dauernd machen musste, sonst hätten die Larven alles ruckzuck abgefressen. 1956 hoffte man, dass das große Amerika helfen wird, aber sie haben nur die Kartoffel mit dem Colorado geschickt. Darüber kann man nur fluchen. Danach kam das DDT Pulver als Vertilgungsmittel. Es wurde im ganzen Land verbreitet. Erst sehr spät kamen wir darauf, wie schädlich es für die Menschen ist. Dieses Material kann sich nicht abbauen, oder nur sehr, sehr langsam. Es wird fast immer da sein!

Nur das Kind eines Genossenschaftsmitglieds konnte Wasserträger bei den Mädchenbrigaden sein. So kam ich auch an die Reihe, als ich schon die siebte Klasse hinter mir hatte. Habe mich angestrengt, um alles richtig zu machen. Obwohl hier ein Wassertank stand, ging ich lieber ganz weit zu Fuß, um frisches Wasser zu holen. Wegen der großen Hitze dauerte die Mittagszeit von 12 bis 15 Uhr und alle konnten ein bisschen pennen. Die Mädels mochten mich sehr. Sie schenkten mir Aufmerksamkeit mit einem Stück feiner Leckereien oder Kuchen und luden mich zu sich ein. Ich saß neben ihnen und sie umarmten mich, bis ich etwas gegessen hatte. An ihren Umarmungen spürte ich, dass die Mädchen Interesse an mir hatten, so wie ich an ihnen. Die Pressungen, die Busserl hatten schon ein wenig sexuellen

Gehalt, das spürte ich und ich denke sie auch. Die Mädchen trugen Tracht, das hieß 3 Röcke übereinander. Beim Hacken legten sie die oberen Röcke ab und hatten dann nur noch einen an. Wenn sie mittags schliefen, bedeckten sie sich gegen die Fliegen mit den Röcken. Es gab drei oder vier Mädels, die größeres Interesse an mir hatten; ich denke sie hatten noch keinen Liebhaber. Deshalb waren sie zu mir so lieb. Diese Sache spitzte sich im nächsten Sommer richtig zu. Die Mädchengruppe hatte ausgesprochen mich darum gebeten, das Wasser zu tragen. Sie wussten, dass ich der Sohn von dem Onkel „Tresiner" Jani (tresina war der Name des Zuges, den er führte) war.

In der zweiten Hälfte des Jahres, in der 8. Klasse, gaben wir unsere Anmeldung ab, um weiter zu lernen. Ich hatte Chemie am meisten gemocht und so meldete ich mich in Budapest zum „Technikum für Chemie". In Vác wurde ich angenommen. Wegen der Entfernung musste ich in einem Kollegium wohnen. Meine zwei Klassenkameraden sind auch bei mir geblieben. Wir haben 4 Jahre lang in derselben Klasse gelernt. Beide waren meine Freunde, besonders Sandor H. Auch mit P. Jancsi (Jakec) verband mich eine lebenslange Freundschaft, aber er ist leider zu früh gestorben. Er hatte einmal gesagt:

„Wenn wir eines Tages ohne Begrüßung aneinander vorbei gehen, werden wir in unserem Herzen noch immer wissen, dass wir für immer Freunde sind." Er bekam vom Leben nur eine kurze Zeit. Wir werden uns ewig an ihn erinnern.

Ich habe die achte Klasse mit „Ausgezeichnet" abgeschlossen. Der Sommer hatte angefangen und ich wollte von meinem Lohn eine „Pobeda" Armbanduhr aus russischer Herstellung kaufen.

Mein Papa wusste, dass die Mädchengruppe auf mich wartete; ich sollte ihr Wasserträger sein. Beim bloßen Gedanken daran kribbelte es schon bei mir. Ich hatte noch in Erinnerung, wie lieb die Mädels zu mir waren. Am Montag bekam ich meistens die feinen Leckereien. Angenehme Umarmungen. Die kleinen Bussis regten meine Fantasie an. In dem Jahr hatte sich viel entwickelt. Ich hatte angefangen, von den Mädchen zu träumen, die mir im letzten Jahr so nahe gekommen waren. Diese Träumerei hatte sich an meiner Unterhose bemerkbar gemacht.

„Hast du schon eine Liebhaberin?", fragte sofort lachend das lustigste Mädchen, Erzsi K. Sie war am liebsten zu mir.

„Nein, ich habe keine", sagte ich still und wurde rot bis an die Ohren. Die Mädels lachten. Es war mir eingefallen, dass ich immer von ihnen geträumt hatte und schaute auf den Boden. Ich genierte mich, als hätte mich jemand erwischt.

„Ich werde es sein!", sagte Erzsi lachend, drehte sich zu mir und gab mir ein Bussi. Ich errötete noch mehr, mein Gesicht brannte.

„Ihr seid sehr schön zusammen!", sagte Bori, die beste Freundin von Erzsi. Ich war 14 und die Mädchen um die 18. Die meisten hatten schon einen Liebhaber. Einige trugen sogar einen Ring. Sie wollten im Herbst bei neuem Wein heiraten. Erzsi, Bori und Juli waren gute Freundinnen. Alle drei waren immer gut gelaunt und lieb. Echte Bauernmädels mit breitem Rock. Die haben bald nach der Grundschule geheiratet. Ihr größtes Ziel in ihrem Leben war es, Kinder zu bekommen und zu erziehen. Die paar Jahre, die sie noch Mädchen waren, wollten sie mit viel Spaß lustig erleben. Sie hatten meistens die richtige Liebe nie kennengelernt, weil sie sofort zu dem ersten Bräutigam ja gesagt hatten. Die Eltern haben noch oft alles entschieden, wobei auch die finanzielle Lage eine Rolle spielte. Dadurch, dass ich der einzige Junge war, hatten sie immer Spaß mit mir, aber ohne mich zu beleidigen.

Wie schon gesagt, diente die Mittagszeit dazu, zu schlafen. Auch der Sommerregen war ein Anlass, eine Pause einzulegen. Die Mädchen ließen sich unter dem Gebüsch nieder, die Freundinnen zusammen. Auch für den Wasserträger war die Mittagszeit Ruhezeit. Die Kanne stand im Schatten und jede durfte sich selbst bedienen. Die Erzsi aß auch mit ihren Freundinnen und sie hatten mich wieder eingeladen. Sie fütterten mich mit den besten Sachen.

„Komm kleiner blonder Prinz, setzt dich neben mich!" – und machte mir Platz.

Ein Rock war auf dem Boden, wir setzten uns darauf. Bori und Juli auch. Ihren Rock wickelten sie eng über die Beine und aßen aus der Serviette. Auch ich holte aus meiner Tasche Brot und Speck, manchmal auch Wurst mit Paprika und Tomate.

Ich wohnte nicht mehr in der Feldjägerkaserne, sondern in einem neuen Haus bei der Kleinerwiese, wo der Kleinzug durchfährt. Bei unserem Haus fang die neue Siedlung an. Das Haus hatte meine Stiefoma gekauft, um mit ihrem einzigen Sohn, meinem Stiefvater, zusammen zu ziehen. Mein Bruder war sechs Jahre jünger als ich.

In dem neuen Haus lebten wir etwas besser, wir hatten eine Sau und jährlich konnten wir zwei Schweine schlachten.

Man musste davon aber für die Gemeinde abgeben. Mit meiner Mutter lieferten wir immer Fett, Speck und Wurst ab. Die Sammelstelle war bei der Metzgerei. Genauso musste man auch von der Pflanzenernte einen Teil abgeben, proportional zum Bodenbezitz. Die Eingabe musste man auch dann leisten, wenn zuhause nichts geblieben war. Wir hatten wegen meiner Oma etwas besser gelebt. Sie war sehr akkurat, und lebhaft. Sie besaß eine kleine Kneipe, einen sogenannten „Krug". Der Wein kam kannenweise aus Gyöngyösoroszi. Die Kanne wurde im Rucksack versteckt, sonst hätte es noch jemand angezeigt. Er kam wöchentlich, weil man auf einmal nur eine kleine Menge tragen konnte. Es sollte nicht auffallen. Der Ausschank war in der Wohnung. Im Dorf gab es mehrere ähnliche „Kneipen".

Die Trinkgäste waren die Arbeiter, die in der Genossenschaft arbeiteten. Gelegentlich kamen sie rein, um ein Glas Wein zu trinken. Es wurde aufgeschrieben und am Zahltag ausgeglichen. Meine Oma schenkte mir bis zu ihrem Tod von diesem Geld monatlich 50 Ft als Apanage. Das war noch während meiner Lernzeit im Technikum. Nachdem sie verstorben war, gönnte der Opa mir das Geld noch ein Jahr lang. Der liebe Gott möge sie schützen!

„No, pennen wir ein wenig", sagte Erzsi. Danach legten sie sich auf die Röcke, so, dass ein Stück vom Rock als Decke diente.

Wir legten uns unter die Decke, mit etwas Abstand.

„Komm näher!", flüsterte sie. Ich war nicht mutig genug, und so kam sie näher zu mir. Wir lagen uns gegenüber, hinter uns die Freundinnen. Mal lehnte sich die Juli, mal die Bori an meinen Rücken. Ihr Spaß war mir sehr angenehm. Ich denke, die Erzsi wusste es nicht.

Die ganze Zeit, bis wir schliefen, spürte ich ihre harten Brüste in meinem Rücken. Manchmal streichelte eine Hand das harte Werkzeug in meiner Unterhose, so lange, bis das Landkartenmotiv auf meiner Unterhose nicht größer gezeichnet wurde.

Ich wurde so nervös, dass mein Atem stockte. Mit Erzsi war die Liebe so schön wie ein Traum. Erst führte sie meine Hand unter ihrem aufgeknöpften Hemd an ihre fest stehenden Brustwarzen, das hat mich fast verrückt gemacht. Sie drückte nur einen kleinen Kuss auf meinen, wuschelte in meinen Haaren – an ihrem schnellen Atem spürte ich, wie weit sie mit ihrer Selbstbefriedigung war.

Ich war nur ihr Werkzeug, mit dem sie auf die Spitze des Genusses kam. Es bedeutete mir auch nicht mehr als das angenehme Tätscheln ihres Busens.

Die richtige Befriedigung waren die Hände von Bori, und Juli. Das war etwas anderes, als wenn man es selber macht.

„No mein kleiner Liebhaber, wirst du mich besuchen? Unser Dorf ist nicht so weit."

„Ja" sagte ich mutlos.

Wir wussten beide, dass wir uns vielleicht nie mehr sehen. So war es auch. Einmal sah ich, wie sie auf einem Traktor zur Arbeit gebracht wurde. Im nächsten Jahr hat sie geheiratet. Sie bekam Kinder und ging nie mehr zur Arbeit. Mich hat auch die Schule beschäftigt und ich habe nach anderen Mädchen geschaut.

So ging der Sommer vorbei. Habe viele Erfahrungen gesammelt und mir für das neue Schuljahr die langersehnte Pobeda Uhr gekauft.

Im ersten Jahr im Kollegium mussten wir uns eingliedern. Ich war noch nie für lange Zeit von zuhause weg gewesen, fand mich aber trotzdem schnell zurecht. Neben meinen zwei Freunden aus dem Dorf fand ich noch zwei andere Freunde. Diese Freundschaft dauert bis heute an.

Regelmäßigkeit ist die Grundlage im Kollegium, militärische Ordnung. Morgens früh aufstehen, waschen, Frühstück, durch den Gang in die Schule. Die Gebühr war abhängig vom Ergebnis. Ich war allgemein gut, so mussten meine Eltern 220 Ft zahlen. Von der Stiefoma bekam ich 50 Ft. Das war damals viel Geld. Rauchen war in der Schule verboten, aber wir Freunde gewöhnten es uns an. Eine Schachtel Zigaretten kostete 2 Ft.

Wir hatten fünf Tage zum Lernen und einen Tag für das Praktikum. Im Schulhof stand eine Werkstatt. Nach der Schule gab es Mittagessen und nachmittags lernten wir gemeinsam. Neben dem Lernen hatten wir ein wenig Freizeit, um uns an der Donau zu verschnaufen. Wir mussten bis 19 Uhr lernen. Es gab Probleme dadurch, dass die, die am nächsten Tag in der Werkstatt arbeiteten, sich langweilten und die anderen störten. Der Lehrer konnte es nicht verhindern. Um 19 Uhr gab es Abendessen, dann Waschen und Fernsehen, um 21 Uhr schlafen gehen. Monatlich durften wir einmal nach Hause fahren.

Wenn man im Kollegium blieb, konnte man Samstag nachmittag ins Kino. Aber am Sonntag wurde schon gelernt.

Am Sonntag gab es zum Mittagessen das kalte Abendessen; es bestand aus ein paar Scheiben Brot und 500 g Salami. Bei der Zughaltestelle beobachteten wir, wann Iren Psota, die Schauspielerin, zu Besuch ins vácer Gefängnis ging. Hier saßen Menschen wegen 1956 ihre Strafe ab, darunter auch Iván Darvas, Schauspieler, und er war es, den sie besuchte. Wenn sie ankam, verbreitete die Nachricht sich wie ein Lauffeuer und alle Lehrlinge waren da, alle wollten sie sehen.

Das erste Jahr in der Schule ging zu Ende, es folgte der Sommerurlaub.

Als ich mich ein paar Tage erholt hatte, meldete ich mich bei der Genossenschaft an. Sie wussten, dass ich erstklassig arbeitete und teilten mir bessere Aufgaben zu.

Ich wurde als Kontrolleur an der Dreschmaschine eingestellt, wo ich ein paar Tage lang von einem Studenten eingearbeitet wurde. Meine Aufgabe war es, die Weizensäcke abzuwiegen. Diese Aufgabe bescherte mir viel Freizeit und so habe ich mich noch anderweitig beschäftigt. Zum Beispiel hat der Junge, der mich eingearbeitet hat, Hamster gefangen, um einen Pelzmantel für seine Schwester zu nähen. Er wusste ganz genau, dass er 300 Tiere braucht. Ob es ihm gelungen ist, weiß ich nicht. Nach ein paar Tagen war ich mit der Aufgabe allein.

Unsere Dreschmaschine stand im Magyalos-Hof und wir hatten gedroschen. Die Maschine stand zwischen zwei Weizenhaufen; so konnte man sie gleichmäßig füttern und sparte Einstellungszeit. Die Maschineneinstellung dauerte manchmal einen halben Tag. Einstellung und Bewegung der Maschine liefen mit einem Hoffer Traktor. Das tat der Maschinenführer, während das Dreschen der Traktor mit einem flachen Ledergürtel die Maschine angetrieben hat. Der Maschinenführer war gleichzeitig der Technische Leiter, aber außer ihm gab es noch einen Drescherbrigadenführer, der für alles verantwortlich war. Er teilte für alle die Arbeit ein und befehligte sie. In solchen Brigaden herrschte Ordnung.

Diese Ordnung entwickelte sich mit den Jahren. Die wichtigste Aufgabe war die Fütterung der Maschine. Davon Leistung hing der Verdienst der ganzen Gruppe ab. So war es richtig, wenn der Weizen mit Kopf runter unter fließenden Bewegungen in Garben kam. Mit der Gabel wurde das Weizengebinde in die Maschine geworfen, eine Frau hat dort die Gebinde abgeschnitten, um die Maschine zu füttern. Diese drei Menschen waren die wichtigsten. Aber es gehörten noch andere Arbeiter dazu und jeder leistete einen anderen Handgriff. Was von der Maschine fiel, musste sackweise wegtragen werden. Dieser Abfall wurde an die Tiere verfüttert. Büffel transportierten alles mit einer für diese Aufgabe konstruierten Karre weg. Büffel sind langsame, schwerfällige Tiere, aber der Spruch „stark wie ein Büffel" ist nicht umsonst entstanden.

Wenn ein Traktor oder Lastwagen im Dreck steckte, holte man sie mit Büffeln sicher heraus. Zwei Tiere wurden vor den eingeklemmten Wagen gebunden, knieten sich auf ihre Vorderbeine und zogen so kniend die schwere Last problemlos heraus. Wenn die Last sich bewegte, standen die Büffel auf und zogen schön gleichmässig vorwärts. Sie waren erstaunlich stark, aber auch sehr eigenartig. Wenn sie in der Sommerhitze eine Pfütze entdeckten, gingen sie hinein und kein Mensch konnte sie rausholen, wenn sie sich noch nicht genug gesudelt hatten. Die Büffeltreiber wussten das und haben gar nicht versucht, sie aufzuhalten. Wenn sie mit Sudeln fertig waren, steckte man den Peitschenstock in den Hintern und dann sind sie wieder losgegangen. Der Büffelstall befand sich ein paar Hundert Meter von dem Brunnen entfernt, aus dem wir auch das Trinkwasser holten. Wenn der Treiber mit den Tieren unterwegs war, musste er immer beim Brunnen anhalten, damit die Tiere trinken konnten. Am Ende der Dreschmaschine standen die Säcke für den Weizen und die Abfälle. Diese Weizensäcke musste ich abwiegen, egalisieren und dokumentieren. Die Anwesenheitsliste und die Arbeitszeiten führte ich so, wie der Brigadenführer es mir gesagt hatte. Der Junge von der Universität war paar Tage später weg und so musste ich alles alleine schaffen.

In der ersten Zeit kontrollierte man mich oft. Der fertig gedroschene Weizen wurde mit einer Plane vor Regen geschützt und eine Nachtwache passte vom Feierabend bis zum nächsten Morgen auf. Wenn genug zusammengekommen war, wurde alles mit einem Traktor ins Kornhaus geliefert.

Ich musste den Lieferschein ausfüllen. Meine freien Minuten verbrachte ich beim Maschinenführer oder half den anderen, hauptsächlich den Mädels. Diese Mädels waren ein paar Jahre älter als ich. Sie wohnten in den Unterkünften der Tagelöhner, weil sie von weit her kamen. Einige waren schon ziemlich erfahren. So eine war Bori, wie eine gefüllte Taube. Ihren großen, apfelförmigen Busen presste sie in die Bluse. Man hatte den Eindruck, dass die Knöpfe gleich abspringen und der Busen sich befreit. Ihre langen braunen Haare waren zu zwei Zöpfen geflochten, auf dem Kopf trug sie ein rot gepunktetes Tuch gegen den Staub. Sie hatte eine schmale Taille, die durch die Schürze noch mehr betont wurde; ihr schaukelnder Gang war richtig erregend.

Ihr Gesicht war nicht schön, nur die gesunde jugendliche Röte machte sie anziehend. Ihre vollen Lippen waren zum Küssen verführerisch. Es machte mich wild; ich konnte an nichts Anderes denken und mir nur immer vorstellen, wie schön es wäre, sie zu streicheln, zu küssen, anzubeißen. Ich habe mir mit ihr eine wirkliche körperliche Beziehung gewünscht. In der Nacht, in meinen Träumen, liebte ich sie. Sie konnte so bezaubernd schauen, lachen. Ihr Rock flog hoch, ihre Schenkel waren schön geformt, so trug sie mit ihrer Freundin die Säcke. Mir lief fast der Speichel im Mund zusammen, ich sehnte mich nach ihr. Sie hat es gemerkt und sich entsprechend provozierend bewegt. Sie glättete ihre Schürze mit den Händen von ihren Brüsten herab. Sie leckte mit ihrer Zunge um ihre Lippen. Sie presste den Rock zwischen die Schenkel, wenn sie mit dem Rechen arbeitete, schaute mich an, lachte mich an. Ich war ziemlich feige, aber ich bin doch zu ihr gegangen, um zu helfen. Boris Nähe nahm mir den Atem. Sie hat es auch gefordert. Berührte mich mit ihrer Schulter und streifte mich mit ihrem Busen. Wenn wir uns streiften, bei dem Werkzeug, bewegte es sich. Ich spürte, dass ich meinen ersten sexuellen Kontakt mit ihr verwirklichen musste. Die Kinderspiele von früher und aus dem vorherigen Jahr die Spiele mit Erzsi haben mich alle in diese Richtung getrieben. Über das Zusammensein von Mann, und Frau hörte ich meist aus Erzählungen meines Freundes, der zwei Jahre älter war als ich.

Er hatte Maschinenschlosser gelernt. Mit großer Freude erzählte er mir seine Geschichte mit einer 30jährigen Frau, mit der er schnell sexuellen Kontakt hatte. Diese Bekannschaft währte viele Jahre. Der Mann der Frau leistete 24 Stunden Dienst bei der Eisenbahn. Mein Freund erzählte, dass sein erster Verkehr in einem zum Fahren beheizten erstklassigen Zug passierte. Er schilderte auch die Einzelheiten, wie sie sich berührten, küssten und wie die Frau mit der Hand sein Werkzeug in sich eingeführt hat.

„Stell dir vor, wie ich gesessen habe, sie hat ihren Slip nicht einmal runtergezogen, nur an die Seite geschoben, mit der anderen Hand meinen vor ihrer Muschi bewegt, dann ist sie draufgerutscht und ich war tief drinnen."

Ungefähr so wurde ich aufgeklärt wie ein sexuellen Ablauf ist.

„Kannst du dir vorstellen, wie aufgeregt ich war, es könnte jemand auftauchen?" Dieser Kontakt meines Freundes beschrieb die schwüle Erotik und die Freiheit. Die Nervosität lag zwischen ihnen, weil die Liebe auf dem Zug regelmäßig wurde. Diese Aufregung steigerten sie noch dadurch, dass sie sich im Haus der Frau trafen und ihre Fantasie auslebten. Sie wussten, dass der Ehemann Dienst hatte, aber im Unterbewusstsein dachten sie, dass er doch nach Hause kommen könnte.

Die Freiheit ihres Kontaktes kam daher, dass die Frau sich nicht schützen musste; sie konnte nicht schwanger werden. Oft begleitete ich meinen Freund dorthin und spazierte ein bis zwei Stunden auf der Straße herum und wartete, bis er sein „Techtelmechtel" mit der Frau beendet hatte.

Dieses Programm dauerte auch in dem Winterferien an. Es war nicht angenehm, in der Kälte frierend durch die Straßen zu streifen. Aber was tut man nicht alles für seinen wahren Freund? Natürlich dienten mir seine Erzählungen, die sehr detailliert waren, als Lehrmaterial.

Man muss zugeben, dass mein Freund ein sehr guter Erzähler war. Dafür möchte ich ein Beispiel nennen. Es zeigt, was für eine Persönlichkeit Jakec, mein Freund, war.

Unmittelbar neben der Messerwerfer-Kneipe stand eine Metzgerei. Hier konnte man nur freitags einkaufen. So verbrachte der Metzger seine Zeit in der Kneipe. Onkel Michi L., der Vater meines Freundes Feri, war der Kneipenbesitzer. Der Metzger und Onkel Michi ersannen den ganzen Tag über Ideen, wie sie die anderen reinlegen konnten. Der Fall mit Jakec war folgender: Von der Kneipentheke aus konnte man durch das Fenster auf die Straße sehen und wusste so, wer gerade hereingekommen war. Als mein Freund hereinkam, hörte er nur: „Wieviel hast du Jani gekauft?", fragte Onkel

Michi. „Ich habe 5 Kilo gekauft zu je 15 Ft – ein guter Preis", sagte der Metzger.

„Ich habe nur einen gekauft", sagte Onkel Michi, „der Feri sagte, nächste Woche gibt es wieder was".

„Guten Tag!", sagte Jakec beim Eintreten. „Was haben Sie gekauft, Onkel Michi?"

„Guten Tag", erwiderte der Schankwirt. „Feri Sz. gibt Hirschfleisch für 15 Ft/Kilo im Kernhaus der Genossenschaft ab", erklärte der Alte.

„Das würde mich auch interessieren, weil 1 kg Schweinefleisch ja schon 40 Ft kostet." Er drehte sich zum Metzger.

„Ja genau", sagte der.

„Ich gehe sofort aufschreiben wieviel meine Schwester braucht", sagte mein Freund. „Aber erst trinke ich einen vom Üblichen." Onkel Michi gab ihm sofort einen Weichen. Jakec schluckte und rannte weiter in der Hoffnung auf das billige Hirschfleisch. Er verlangte von der Mutter, und von der Schwester Geld und eilte ins Kornhaus zum Onkel Feri Sz. Der war gerade mit seinem Helfer mit der Inventur beschäftigt.

„Guten Tag!", sagte Jakec.

„Guten Tag, was willst du denn?", fragte ziemlich böse der Onkel Feri.

„Ich möchte 6kg Hirschfleisch", konnte aber seinen Satz nicht beenden, weil der Onkel dazwischen redete. „Was zum Teufel willst du denn? Nicht auch Hirschfleisch?"

„Doch, genau – der Metzger und der Schankwirt sagten, dass Sie es verkaufen."

„Ich sage dir gleich, was ich verkaufe!", sagte er, „wenn ich die treffe...". Aber man spürte schon, dass er gleich lachen würde.

„Du bist heute der dritte, den sie mit diesem Blödsinn verarscht haben", erklärte der Onkel.

„No, Gott segne Sie!" sagte Jakec, „gute Arbeit noch!" Er genierte sich und schlich hinaus, erzählte er.

Dann trottete Jakec nach Hause, in seiner Hand eine große Einkaufstüte und drinnen noch mehrere kleinere. Sie füllten die große so aus, als wenn etwas darin wäre. Der Onkel B. Feri radelte vorbei und fragte: „Wo warst du Jakec?"

„In der Genossenschaft", und nach einer kleinen Pause, „wegen Hirschfleisch."

„Darf ich es mal sehen?", fragte der Onkel.

„Ich habe es schon bei meiner Schwester abgegeben", erwiderte Jakec.

„Sz. Feri verkauft es im Kornhaus für 15 Ft/Kilo."

„No, ich beeile mich auch", sagte er und radelte schnell weiter, um für das Hirschfleisch nicht zu spät zu kommen.

Jakec beruhigte sich, da auch andere reingelegt wurden. Der alte Onkel Feri B.

radelte wegen Geld nach Hause und erzählte auch den Nachbarn davon. Dann ging auch er ins Kornhaus. Beim Eintreten sagte er: „Guten Tag! Ist noch etwas da?" Er dachte an das Hirschfleisch.

„Guten Tag! Ja, es gibt noch paar Seiten", sagte der Kornhäusler. Er hatte an die Inventurseiten gedacht.

„Feri, ich möchte keine Seite, sondern natürlich Hirschfleisch."

Als sie dem Alten erklärten, was los war, war er schwer beleidigt und rannte nach Hause.

Die anderen konnten vor Lachen nicht mehr und schlugen sich auf die Knie.

Am Abend in der Kneipe erzählte Feri Sz. die ganze Geschichte zur größten Freude der Anderen.

Solche Geschehnisse heiterten das Leben im Dorf auf.

Es gibt noch einen Fall, den ich erzählen kann, weil Jakec schon seit langer Zeit tot ist und bei dem Jakec und Feri L. Die Hauptakteure waren: Ein alter Herr, der bei uns gegenüber gewohnt hatte, war bei seiner Tochter auf der Kirmes. In dieser Zeit diente Jakec als Seemann. Während seines Urlaubs drückte er gewöhnlich die Kneipentheke und redete mit seinem Freund, dem Schankwirt. Damals beschäftigte man sich nur mit lustigen Dingen.

Jani S. kam in die Kneipe und stochterte überall mit seinem Stock herum. Feri fragte ihn am Tresen „Onkel Jani, haben Sie etwas verloren? Suchen Sie etwas?"

„Ich wollte gerade fragen, ob ihr beim Putzen nichts gefunden habt?"

„Ja, sagen Sie mal, was suchen Sie eigentlich?"

„Wisst ihr, am Wochenende war ich bei meiner Tochter auf der Kirmes. Seitdem finde ich meine Zahnprothese nicht mehr. Ich habe sie schon im Bus gesucht und auch hier."

„Ich denke, Sie haben sie heruntergeschluckt", sagte Jakec.

„Mach dich nicht lustig, das kann man doch nicht runterschlucken", sagte der Alte sehr unsicher.

Doch Jakec fang an, zu schildern, wie viele Sachen man herunterschlucken kann.

„Schauen wir mal mich an – ich kann ein Glas oder eine Glühbirne verschlucken."

„Erzähl keinen Mist", sagte der Alte, „das glaube ich nicht!"

„Na, wetten wir? Für ein Halbes esse ich ein Stück Glas. Und für einen halben Liter Cognac werde ich ein Viertelglas aufessen."

„Dafür spendiere ich einen halben Deziliter", sagte der Alte.

„Ok, abgemacht, Hand drauf!"

„Gib mir ein Glas, Feri", sagte er zum Schankwirt, der ihm ein beschädigtes Glas gab, das für solche Fälle vorbereitet war. Er zeigte dem Alten, was für ein Stück er aufessen wird.

„So ist es gut", sagte der Alte. Jakec biss das Stück ab und fing an zu knabbern. Es knirschte laut unter seinen Zähnen. Nach einer Weile war alles feingemahlen, und er schluckte es mit einem Trunk herunter. „So", sagte er zum Schluss und schaute den Alten abwartend an. „Hast gewonnen!", sagte der Alte. „Gib ein Halbes für Jakec!"

Feri hatte schon den Cognac abgemessen.

„Das hätte ich nicht gedacht", sagte der Alte, während er zahlte, „es mag wirklich sein, dass ich mein Prothese geschluckt habe. Ich erinnere mich, als ich nach Hause kam, hatte ich einen Katzenjammer, aber ich weiß, dass ich hierher gekommen bin, um noch einen zu trinken."

„Onkel, ich schlage Ihnen vor, eine Woche lang nicht aufs Klo zu gehen; machen Sie ihr Geschäft im Hof und Sie werden es finden."

„Schau mal! Der blöde Pista K. ist umgefallen", schaute zum Fenster und fing an zu lachen. „So ein Vieh", sagte Jakec und lachte mit. Aber bis der Alte beim Fenster war, sagte der Schenkenwirt schon: „Er ist schon aufgestanden und vorbei geradelt."

Der Alte ging langsam raus und die Jungs wälzten sich vor Lachen in der Kneipe, die Kneipe bebte. Nach paar Tagen kam der Sohn des Alten. Er sagte: „Hört auf mit dem Spaß; seitdem ihr das mit der Prothese gesagt habt, geht er nicht mehr aufs Klo, und der ganze Hof ist vollgeschissen. Er stochert mit seinem Stock in den Haufen, sucht seine Zähne und wartet darauf, dass sie endlich herauskommen." Als er das erzählte, haben wieder alle gelacht. Für kurze Zeit wurde die Arbeit vom Sommerregen unterbrochen und als alles wieder trocken war, fang man wieder an zu dreschen. Wenn der Himmel grau wurde, fang man mit den Vorbereitungen an – die Maschinen und die Weizensäcke wurden mit Planen abgedeckt und alle suchten sich ein Dach zum Schutz vor dem Regen. Solche Schoberhöfe waren neben dem Gehöft und so fand man immer Schutz. Meist waren es Ställe oder Trockenböden für Tabak.

Als habe als Kontrolleur auf dem Magyaloshof anfing, standen drei Schafställe nebeneinander. Einer ganz nah, zwei weitere in geringer Entfernung, aber auch nicht zu weit weg von der Dreschmaschine. Bei Sommergewitter war es nicht empfehlenswert, neben der Maschine zu sein. Der Traktor ist pures Eisen und zieht Blitze an. Auch eine Hacke, ein Spaten oder eine Gabel unter freiem Himmel waren gefährlich genug.

Ich gehörte nicht zur Drescherbrigade. Die Einlieger gehörten zusammen. Sie wohnten wochenlang in der Arbeiterunterkunft und konnten nur jede zweite Woche nach Hause fahren. Auch der Schafhirte hatte dort ein Haus, in dem der Schäfer mit seiner Familie wohnte. Ich habe von ihnen ein paarmal Käse gekauft. Die noch nicht ganz getrockneten Käse schmeckten sehr gut.

Bei Sommerregen ging ich in den Schafstall. Es war der am weitesten entfernte, die anderen, alle aus dem Dorf, verwandt und bekannt, wählten die nahe liegende. Ich hatte keine Beziehung zu ihnen.

Ich hatte gehofft, ich werde endlich mit Bori alles erleben, was mein Freund Jakec immer erzählt hatte. Ich rechnete damit, dass sich zwischen uns irgendwie eine Liebesgeschichte entwickelt. Ich war aber etwas ängstlich und so forcierte ich es nicht. Sie war die aktive, hatte mir manchmal ein Bussi gegeben oder mich gestreichelt. Eines Tages tobte der Regen richtig, mit nur ganz kurzen Pausen und dann fang es wieder an. Es regnete in Strömen. Dieses Mal lief ich auch in den entfernt liegenden Stall, der voll war mit Maisstroh, und dahinter viele Säcke. Vielleicht wollte jemand in der Dunkelheit wegen der Säcke zurückkommen. Ich zerriss einige und legte mich darauf. Sie wären auch ein prima Versteck gewesen. Ich lag dort und spann die Vorstellungen mit Bori. Ich wollte mich berühren, aber ich hörte, dass die Tür aufging. Ich hielt den Atem an und spitzte meine Ohren. Ich spürte, dass jemand herumschaute und dachte der Stall sei leer. Ich wartete, wann die Tür sich wieder schließen würde. Nichts passierte. Ich dachte derjenige weiß, dass ich dort bin.

„Aha, du bist doch da!", sagte Bori aus der Deckung. Sie hatte ihren Rock auf ihrem Kopf als Decke gegen den Regen.

„Darf ich mich hinsetzen?", fragte sie und setzte sich neben mich, ohne die Anwort abzuwarten.

Mein Herz schlug vor Aufregung laut. Ich dachte es springt gleich heraus. Mein Herzschlag beruhigte sich nicht. Bori wartete nicht lange, umarmte meinen Hals und ich ihre Taille, mit vor Nervosität feuchten Händen. Wir küssten uns lange, meine rechte Hand berührte ihren Busen durch das Hemd. An ihrem immer schnelleren Atem spürte ich, dass sie auch erregt war. Dazwischen streichelte ich die immer härter werdenden Brustwarzen. Sie legte sich auf den Sack und ihr Busen kam aus dem Hemd und ich fang an, sie zu küssen. Mit meinem rechten Arm hielt ich ihre Taille. Mein Werkzeug wurde steinhart. Sie streichelte ihn, holte ihn aus der Hose und zog mich auf sich zwischen ihre weit geöffneten Schenkel. Vor Aufregung bekam ich kaum Luft. Sie spürte, dass ich komme. Presste mich an sich mit ihren zwei Fußsohlen auf meinem Po. Es war der pure Genuss! „Kann nichts passieren – flüsterte sie in meine Ohren – jetzt habe ich meine Tage hinter mir", sagte sie. „Machen wir weiter", schnaufte sie und bewegte sich unter mir wild. Danach erkannten wir plötzlich die Wirklichkeit – es war Stille.

Wir richteten uns schnell auf und machten uns fertig, mit vielen Küsschen zwischendurch. Vorsichtig schlichen wir uns aus dem Stall davon. Als wir ankamen, hatte die kühle Luft unsere flammende Hitze auch abgekühlt. Ich glaube, die anderen haben unsere Geschichte nicht bemerkt.

Im Laufe des Sommers (richtig gesagt, solange die Drescharbeit dauerte) konnten wir noch ein paarmal zusammen sein. Es wurde immer besser und ich schützte uns so, dass ich es rechtzeitig abgebrochen habe. Nach Bori hatte ich genug Selbstbewusstsein, um andere Mädchen zu suchen. In der nächsten Zeit in der Mittleren Schule kamen die Jugendlieben. Wobei die Körperlichkeit nur Knutschen oder Petting bedeutete.

Als ich am Wochenende nach Hause fuhr, unterhielt ich mich mit meinen Freunden Jakec und Sanyi. Bei dieser Unterhaltung ging es um Kneipenbesuch, Kino oder Ball. So gingen die Schuljahre vorbei und nach der Reife begann ich, in der „IMI" zu arbeiten.

IMI hiess: „Iklader Industrie Mechanikfabrik". Dort fing ich im Jahre 1962 als Praktikant an, für 1050 Ft Monatsgehalt. Die Praktikantenstelle dauerte sechs Monate und danach arbeitete ich in drei Schichten. Es war eine rein körperliche Arbeit. Ich war Schichtführer am Laufband für Elektromotorenbau. Marika D. wurde für mich eingeteilt als Einträgerin in die Arbeitskarten. Sie war ein ernsthaftes Mädchen. In dieser Zeit wollte ich nur kurze Kontakte. Da ich wusste, dass man mit Marika nicht spielen kann, hatten wir nur eine nette

Freundschaft. Damals hätte ich nicht gedacht, dass sie eines Tages meine Frau sein würde, dass sie „ein deutsches Mädchen", ist.

Die Tochter des Panzer-Offiziers

Im Herbst 2003 fingen wir mit Marika D. an, zu forschen. Auf ein Ergebnis war die Chance so groß wie eine Nadel im Heuhaufen zu finden.

Nachdem ich kein Historiker bin und über den II. Weltkrieg nur weiß, was man in der Schule gehört oder in Büchern gelesen hat, habe ich angefangen, mich zu bilden. Ich versuchte alle Bücher über den II. Weltkrieg zu lesen, die ich bekommen konnte.

Hauptsächlich interessierten mich die Kämpfe mit Ungarn. Ich konnte mich nur auf das verlassen, was meine Schwiegermutter erzählt hatte. Und auch das hatte ich nur aus zweiter Hand als Erzählung meiner Frau gehört. Die Mama tat damals immer sehr geheimnisvoll. Tat so, als bereue sie, es uns zu sagen. Sie hat die fragende Tochter immer aufgeregt abgeschüttelt. Als sie ihr Geheimnis lüftete, ging es ihr schlecht. Sie dachte vielleicht, dass sie nicht mehr lange leben würde. Sie meinte, dass, wenn sie das Geheimnis weitergibt, sie alles getan hat, was man von ihr erwarten kann. Als einfache Bäuerin verstand sie nicht, wie sie sich gegen ihre Tochter versündigt hatte. Wir waren uns einig darin, dass, wenn sie Marika bis zu ihrem 18. Lebensjahr nichts verraten hatte, sie es lieber mit ins Grab hätte nehmen sollen. Sie hätte genug Gelegenheiten gehabt es zu sagen, zum Beispiel als der Schwiegervater starb. Aber nein und nein, sie wartete, bis ihre Tochter 58 Jahre als war. Es war haarsträubend.

Als es ihr etwas besser ging, wollte sie nicht mehr darüber reden. In dieser Zeit erfuhren wir, dass es in Ungarn mehrere Soldatenfriedhöfe gibt, den größten in Budaörs, nicht weit von uns.

Wir sind einmal hingefahren. Aus meiner Lektüre wusste ich, dass im II. Weltkrieg 55.000 deutsche Soldaten in Ungarn gefallen sind, dass aber nur von 36.000 der Name bekannt ist. Ich wusste auch, dass der Name Jakob selten ist. Nur religiöse katholische Familien gaben ihrem Kind diesen Namen. Der Besuch in Budaörsch brachte uns trozdem eine überraschende Erkenntnis.

Es war ein kalter, grauer Tag, als wir auf dem Friedhof ankamen. Der Friedhof ist sehr geordnet und gepflegt. Ein würdiger Platz für die ewige Ruhe der Soldaten. Wir spazierten überall herum und suchten den Namen Jakob. Da gab es nur sehr wenige.

Im Museum hatten wir die ganze Namensliste studiert und waren noch mehr überrascht, weil es zusammen 30 x Jakob gab. In der Zeit, von der meine Schwiegermutter gesprochen hatte, kamen nur 5 bis 6 in Frage. Diese Daten hatten uns ziemlich stutzig gemacht. Das war auch eine Frage – wer hat den Krieg überlebt? Danach haben wir danach gesucht, wer sich in Hatvan aufgehalten hatte. In der Zeit gab es Kämpfe um Hatvan und wer konnte sich in der Ruhepause in Kálló unterbringen. Die Schwiegermutter hatte die Bekleidung beschrieben. Er hatte grüne und schwarze Uniformen und auch einen Ledermantel, also er könnte Panzerkommandant sein. Im Internet fand ich in Koblenz im Militärischen Archivum eine Adresse des Berliner Suchdienstes. Außerdem bekam ich im Wehrmacht Archivum in Freiburg und vom Roten Kreuz Adressen. Überall dorthin schickte ich einen Suchantrag mit der Beschreibung, soweit wir sie hatten. Per Brief oder E-Mail schickten wir immer ungefähr den gleichen Text.

„Sehr geehrte Adresse!

Ich habe Ihren Brief erhalten. Ich bitte Sie, mit der Suche der angegebenen Person zu beginnen. Ich verpflichte mich, bis 500 Euro für die entstehenden Kosten aufzukommen und bitte um Kopien der Akten.

Ich bin 58 Jahre alt. Meine Mutter war 94 Jahre alt, als sie mir eröffnete, dass mein Vater ein deutscher Offizier war. Er war im II. Weltkrieg bei uns einquartiert. Der Ort ist Gemeinde Kálló, Bercsényi Strasse 23, ein Einfamilienhaus.

Meine Mutter schwor auf das Heilige Kreuz, dass es wahr ist. Sie bereitete sich auf den Tod vor und konnte das Gewicht ihres Geheimnisses nicht mehr tragen.

1944, von Oktober bis Ende November, schützten deutsche Truppen die Stadt Hatvan. Die 23. Panzerdivision, das 126. und 128. Panzergrenadierregiment und 4 „SS"-Panzergranaten-Regimente waren an der Verteidigung beteiligt. Diese Daten habe ich von der heimischen Forschung bekommen. Ich kenne nicht die bedienenden Hintergrundeinheiten dieser Formationen.

Die Gemeinde Kálló liegt 12 bis 15 km von der Stadt Hatvan entfernt. In Kálló gab es ein militärisches Krankenhaus. Im Hof des katholischen Pfarrhauses parkten mit Benzin beladene Lastwagen. Der Offizier, der in unserem Familienhaus einquartiert war, wohnte im ersten Zimmer. Er fuhr nur selten mit einem Panzerwagen von zuhause weg. Es mag sein, dass er ein Versorger-Kommandant war. Er verfügte über zwei Soldaten, die ihm dienten. Im Nachbarhaus, das auch zu uns gehörte, wohnten 8 bis 10 Soldaten. Sie kochten bei uns im Hof und brachten das Essen zum Kriegshospital.

Der Offizier, der bei uns wohnte, war 25 bis 28 Jahre alt. Sein Vorname war „Jakob". Die Soldaten unter sich nannten ihn so. Meine Mutter kennt seinen Familiennamen leider nicht. Sie kann sich genau erinnern, dass er zwei Medaillen um den Hals trug, eine mit dem Buchstaben „O". Die Soldaten hatten meiner Mutter erzählt, dass er Jakob heißt und aus einer Berliner Bekleidungsfabrikanten-Familie stammte.

Am 27. November 1944 haben die Deutschen die Stadt Hatvan aufgegeben.

Sie zogen aus unserem Dorf Richtung Vác. Der Offizier mit Namen „Jakob" auch. Er hatte einen Monat lang mit meiner Mutter in einer engen Beziehung gelebt. Nachdem die Deutschen geflohen waren, merkte meine Mutter, dass sie mit mir schwanger war. Ich wurde am 30. Juli 1945 geboren. Ich habe zwei Kinder, ein Mädchen und einen Jungen, und drei Enkelkinder. Ich lebe als Rentnerin mit meinem Mann in einem Einfamilienhaus.

Seitdem meine Mutter mir diese Tatsache mitgeteilt hat, bin seelisch krank geworden. Ich kann einfach nicht verarbeiten, dass ich meinen Vater nicht kenne. Mein Arzt meint auch, dass meine Gesundheit sich erst bessert, wenn ich reinen Tisch gemacht habe. Ich bitte Sie, versuchen Sie, meinen Vater für mich ausfindig zu machen und mich über seine Person aufzuklären.

Mit freundlichen Grüssen: Frau B.M.

Auf diese Briefe haben wir nach einer Weile immer Antwort bekommen und bisher hat es nichts gekostet. Die Briefe haben wir im März 2004 verschickt. Natürlich forschten wir parallel weiter. Ich habe in der Militärischen Dokumentation Mikrofilme aus der Zeit der betreffenden zwei Monate und alle kriegshistorischen Schriften gelesen. Auch im Internet verbrachte ich viel Zeit. Dort fand ich eine Webseite, auf der die Angehörigen nach im Krieg verschollenen Soldaten suchen können. Auch dort stellte ich meine Suchanfrage.

Bis heute ist der folgende Text da zu lesen:

„Ich suche meinen leiblichen Vater, der Ende Oktober und November 1944 in Ungarn in einem kleinem Dorf mit Namen Kálló beherbergt war. Sein Rang war Hauptmann. In der oben genannten Zeit lebte er mit meiner Mutter zusammen. Wenn jemand etwas über Ihn weiß, bitte melden.
Bitte helfen Sie mir!"

Kálló liegt neben Stadt Hatvan. Ich bin auf ein Ergebnis gestoßen, als ich unter den Altersähnlichen suchte, die mit dem Eisernen Kreuz ausgezeichnet waren, denn die waren am Kampf um Hatvan beteiligt. Nach dieser Suche erhielten wir sogar fünf oder sechs Fotos von Offizieren, die der 23. Panzerdivision angehörten. So bekamen wir auch die Adresse des noch lebenden Divisionsvertreters.

Ein junger Mann, nennen wir ihn V. Zoli, hat uns später auch viel geholfen.

Durch ihn erfuhren wir vom Veteranen-Vertretungsversorger CL. B., und die Adresse des Panzerregimentskommandanten, außerdem von einem Hauptmann in der Panzerdivision, Befehlshaber N. K.

Die Herren leben noch und es sah so aus, als könnten sie uns vielleicht weiterhelfen.

Herr CL. B. gehörte damals zur 23. Division, er war Soldat bei den 126. Panzergranaten und er schrieb, dass sie nur auf dem Durchzug durch Hatvan waren. Der genaue Text lautete:

„Sehr gehrter Herr B.!

Ihre Frage vom 16. Aug. 2004 hat uns mit Traurigkeit erfüllt. Leider kann ich trotzdem nicht helfen. Unsere Division war nur paar Tage lang in der genannten Umgebung bei Hatvan bei dem Rückzug. Diese Gruppen waren eng zusammen. Es ist absolut ausgeschlossen, dass der gesuchter Offizier zur 23. Division gehörte.

Mit freundlichen Grüßen: CL. B. Präsident"

Am 21. August 2004 schickten wir den folgenden Brief an den ehemaligen Kommandanten der 23. Panzerdivision.

Sehr geehrter Herr R!

Ich bin eine 59 jährige Frau, meine Mutter ist 95 Jahre alt. Vor nicht sehr langer Zeit hat sie mir gebeichtet, dass mein leiblicher Vater ein deutscher Offizier ist. Er hat bei uns, in Ungarn, gedient. Er wohnte im II. Weltkrieg in unserem Haus in Kálló. Kálló liegt neben Hatvan in der Nähe des am Donauknie liegenden Vác. Ich weiß nicht mehr, als dass der Offizier in der Hatvan schützenden 23. Panzerdivision Kommandant war. Die Verteidigung von Hatvan dauerte von Ende Oktober bis Ende November 1944. Meine Mutter hat auf das Heilige Kreuz geschworen, dass sie die reine Wahrheit sagt. Sie spürt, dass sie nicht mehr lange leben wird und kann das Geheimnis nicht mehr weiter in sich tragen. Ich denke, Sie als ehemaliger Kommandant können mir helfen – wissen Sie, wer der gesuchte Offizier ist. Ich kan nicht so gut Deutsch reden, aber ich hoffe, Sie verstehen, was ich möchte.

Kálló liegt 12-15 km von der Stadt Hatvan entfernt. In der Dorfschule war ein Lagerkrankenhaus eingerichtet. Im Hof des Pfarrhauses standen mit Benzinfässern beladene Lastwagen. In unserem Nachbardorf „Erdőkürt" war die Reparaturstelle für Kampfwagen. Der Offizier, der bei uns wohnte, hatte eine imposante Erscheinung. Er fuhr mit einem Panzerauto und hatte zwei junge Dienstsoldaten, die ihn bedienten.

In dem Nachbarhaus, das auch zu meiner Mutter gehörte, waren Soldaten einquartiert. In dem Hof stand eine Lagerküche, von der das Essen geliefert wurde.

Der Offizier, der bei ihr wohnte, dürfte so 26 Jahre alt gewesen sein. Sein Vorname oder Spitzname war „Jakob". So bezeichneten die anderen Soldaten ihn meiner Mutter gegenüber. An seinen Familiennamen kann sich meine Mutter nicht mehr erinnern. Er war mit dem Eisernen Kreuz ausgezeichnet.

Ende November 1944 zogen sich die deutschen Truppen aus Kállo zurück, aus unserem Hause auch. Sie flohen Richtung Vác.

Der Offizier pflegte während des Monats, in dem er bei uns lebte, eine Beziehung zu meiner Mutter. Erst als die deutschen Truppen weiter gezogen waren, merkte meine Mutter, dass sie schwanger war.

Ich bin am 30. Juli 1945 geboren.

Meine Mutter hat immer gesagt, dass ich meinem Vater ähnlich bin. Wenn ich lache, habe ich auch Grübchen im Gesicht.

Seitdem mich meine Mutter über meinen Vater aufgeklärt hat, kann ich es seelisch nicht verarbeiten, dass ich meinen leiblichen Vater nicht kenne. Auch mein Arzt meint, dies könne die Ursache meines Leidens sein.

Bitte entschuldigen Sie, dass ich Sie mit meinem Problem belaste, aber ich hoffe, dass Sie mir helfen können.

Mit freundlichen Grüssen: Frau B. Marika"

Fast wortwörtlich den gleichen Brief habe ich noch an den anderen Divisionskommandanten geschickt, der die Kampfwagendivision führte. N. K. war in dieser Zeit Hauptmann gewesen. Als wir die Briefe verschickten, überschlugen sich die Ereignisse. Wie ich es schon geschrieben habe, konnte ich von 5-6 Soldaten Fotos besorgen. Diese Bilder habe ich der Kusine meiner Frau geschickt, denn sie hatte damals den Mann Tag für Tag gesehen. Sie würde ihn sicher wieder erkennen. Der Offizier hatte sie immer hochgehoben, und mit Parfüm, und Schoki beschenkt.

Meine Schwiegermutter hatte schon aus den Bilder das Foto des Offiziers sofort ausgewählt. Marika sah ihm wirklich sehr ähnlich. Nach einem Monat bekamen wir den folgenden Brief von Herrn E. R., dem ehemaligen Kampfwagendivisionskommandanten.

„Sehr geehrte Frau B.

Vielen Dank für Ihren Brief, in dem Sie sich über ihren deutschen Vater erkundigen.

Ich habe Ihren Brief sehr gut verstanden und gratuliere zu ihren Deutschkenntnissen. Wenn ich eine ähnliche Aufgabe in der ungarischen Sprache lösen sollte, es wäre eine Katastrophe.

Ich möchte Ihnen sagen, dass ich vollkommenes Verständniss habe, dass Sie Ihren Vater kennnenlernen möchten. Sie wissen ziemlich viel über den damals noch jungen Mann, Ihren Vater. Ich möchte Ihnen gern helfen, aber ich kann nicht zu dem Erfolg beitragen.

Es stimmt, dass ich ab 1941 zur Panzerdivision gehörte, und ab dem 13. Januar 1945 war unser Kampfstandpunkt bei Székesfehérvár. Drei Wochen vor dem Kampf Hatvan, Cegléd, Jászberény zogen wir weiter und so sind wir durch Hatvan nur durchgereist. Danach zogen wir nach Gödöllö-Budapest nach Székesfehérvár. Deshalb weiß ich über die in Kálló stationierten Soldaten und ihre Aufgaben nur sehr wenig.

Halten Sie sich an das, was Sie über Ihren Vater von Ihrer Mutter wissen. Früher wäre es vielleicht viel leichter gewesen, ihn zu finden. Aber zurzeit leben nur noch sehr wenige aus dieser Kampfdivision und andere sind zu einer anderen Division gegangen. Und es haben viele das Eiserne Kreuz erhalten. Unter den Ausgezeichneten könnte er sein, aber es ist nicht sicher, ob er noch am Leben ist. Eine offizielle gezielte private Suche wäre sehr kostspielig und der Erfolg wäre troztdem nicht sicher.

Ich rate Ihnen, unter den noch lebenden Soldaten eine höfliche Umfrage zu machen, mehr kann ich leider nicht mehr tun.

Ich hoffe, dass Sie doch mit einem guten Gefühl an Deutschland und an die deutschen Menschen denken.

Mit freundlichen Grüssen: E. R."

Von dem anderen Kommandanten Herrn N. K. haben wir auf unseren ersten Brief keine Antwort bekommen.

Aber es geschah etwas Unerwartetes: Die Kusine meiner Frau, der wir die Bilder geschickt hatten, sagte weinend ins Telefon: „Meine Marika, du brauchst deinen Vater nicht weiter suchen. Er ist der, der auch beim Lachen Grübchen im Gesicht hatte, so wie du." Damit meinte sie dasselbe Foto, von dem auch meine Schwiegermutter behauptet hatte, den Offizier zu erkennen, mit dem sie ihre Liebesgeschichte hatte.

Sie sagte, sie sei zu 100% sicher, dass er ist die gesuchte Person ist. Wir hatten dem Offizier schon geschrieben. Er ist 84 Jahre alt und lebt, es ist die Person, die uns gar nicht geantwortet hatte. Am 5. September schrieben wir ihm erneut.

„Sehr geehrter Herr K!

Ich bitte um Entschuldigung, dass ich Sie mit meinem zweiten Brief störe.

Ich habe aber auf für mich sehr wichtige Fragen von Ihnen keine Antwort erhalten. Ich möchte meinen leiblichen Vater finden. Ich bin eine 59jährige Frau. Leider habe ich erst jetzt Kenntnis erhalten, dass mein richtiger Vater ein deutscher Offizier ist, der im II. Weltkrieg in unserem Haus einquartiert war. Eine heute noch lebende Augenzeugin hat Sie mit 100 %iger Sicherheit erkannt. Sie sagte, dass Sie der Offizier sind, der damals bei uns wohnte. Als ich ein kleines Mädchen war, verspotteten mich hinter meinem Rücken die Dorfbewohner als „deutsches Mädchen".

Meine Mutter hat mir dies erst 58 Jahre später gesagt, so lange habe ich in einer Lüge gelebt, was meinen Vater angeht.

Echte väterliche Liebe durfte ich nie kennenlernen. Was meine Mutter getan hat, darf man nicht tun; spätestens als ich 18 war, hätte sie mich aufklären müssen. Meine Kusine war damals 6 Jahre alt und hat Sie in guter in Erinnerung behalten – sie hat Sie aus 6 Bildern ausgesucht. Sie sagte, der Mann war sehr warmherzig und hat meine Kusine immer umarmt und ihr Parfüm und Schoki geschenkt. Als sie Ihr Foto gesehen hat, sagte sie weinend, dass ich Ihnen sehr ähnlich sei. Wenn ich lache, habe ich das gleiche Grübchen im Gesicht wie Sie. Ich habe schon 2 erwachsene Kinder, meine Tochter ist 36 und lebt in Frankreich. Sie hat 2 Jungs, 4 und 1 Jahr alt.

Mein Sohn ist 33 Jahre alt, er hat eine 2jährige Tochter, die Flore heißt. Wir wohnen in einem schönen Einfamilienhaus und leben schon in Rente.

Als ich 4 Jahre alt war, hat meine Mutter wieder geheiratet und noch 4 Kinder geboren. Meine Stiefoma hat mich nur als „deutsches Mädchen", tituliert.

Ich war beim Rathaus 18 Jahre lang Standesbeamtin.

Der Mann, mit dem meine Mutter vorher 16 Jahre verheiratet gewesen war, ist gestorben, sie hatten keine gemeinsamen Kinder. Er war Soldat, als ich geboren wurde. Ich spüre es so, dass Sie mein Vater sind. Wie gesagt ich suche Sie seit eineinhalb Jahren. Ich denke, unser Gott hat einen Plan damit, dass ich so viele Jahre nach dem Krieg meinen Vater wieder finden kann.

Wir wissen, dass der Name „Jakob", wahrscheinlich nur ein Spitzname von den Soldaten war.

Sie müssen eigentlich auch spüren, wie ich, dass Sie mein Vater sind.

Ich hoffe, meinVater, dass wir uns entweder in Deutschland oder in Ungarn treffen können. Ich weiß aus den Erinnerungen meiner Mutter, dass Sie ein hochgestochener Mann und 84 Jahre alt sind. Ich weiß, dass es für Sie auch nicht leicht ist.

Ich entschuldige mich für den langen Brief, aber ich musste Ihnen alles erzählen.

Ich weiß auch, dass Sie in der damaligen Zeit bei der 23. Panzerdivision Reservist waren, so haben viele Sie gekannt.

Ehrerbietig, Marika"

Ich denke, der Brief war nicht beleidigend, nur die Hauptsachen waren vermittelt. Nicht zu sentimental, aber doch rührend.

Nach diesem Brief haben wir doch eine Antwort von dem Herrn bekommen.

„Meine sehr geehrte Dame!

Ich kann Ihnen leider nicht helfen, ich war in Ungarn nie 4 Wochen lang einquartiert.

Mit freundlichen Grüssen: N. K."

Ich weiß nicht mehr, ob er diese Zeilen auf unseren ersten oder auf den zweiten Brief geschickt hat. Die zwei Zeilen sind so bedeutungslos.

Auf den von E. R. Panzerdivisionskommandant erhaltenen Brief haben wir folgendermaßen geantwortet:

"Sehr geehrter Herr E. R!

Ich freue mich über Ihren Brief. Sie sehen die Sache sehr richtig. Ich denke Sie haben auch schon zwischen den Zeilen lesend gedacht, dass der Mann, den ich suche, mein Vater ist. Der Herr war N. K. der 23. Panzerdivisionskommandant in Reservestellung. Als ich sein Foto erblickt habe, schlug mein Herz ganz wild. Habe meinem Mann gleich gesagt: Er ist der Vater!

Ich habe es sofort gespürt. Seit 2 Jahre suchen wir nach ihm. Ich habe die 5-6 Fotos meiner Mutter und der Kusine gezeigt und sie haben eindeutig N. K. erkannt. Mutter sagte: „Du brauchst nicht weiter suchen. Er ist dein Vater." Die Kusine hat ihn auch sofort erkannt. Mein Vater war damals Hauptmann und hat 3-4 Wochen lang bei uns gewohnt. Mutter sagte, er hatte eine grüne und schwarze Uniform und Lederjacke gehabt. Es zeigt, dass er zur Panzerdivision gehörte.

Ich habe ihm auch geschrieben, wie auch Ihnen, über mich, ich habe ihm Fotos geschickt aus der Zeit, als ich noch 23 Jahre alt war. Alle Leute sagen, dass ich große Ähnlichkeit mit ihm habe. Es ist ein ungewöhnlicher Fall, dass jemand wie ich, 58 Jahre alt mit drei Enkelkindern, keine Ahnung hat, wer ihr Vater ist. Wenn jemand meine Tochter sieht, sieht er sofort, wie ähnlich sie ihrem Großvater ist. Sie lebt in Frankreich, hat zwei Kinder. Mein Sohn lebt bei uns, wir haben alles, wir leben schön, wir sind zufrieden. Ich will von niemandem etwas! Ich möchte meinen Vater kennenlernen.

Ich denke, das ist für alle Menschen normal. Ich grüße sie ganz herzlich, Frau B. Marika"

Im Oktober 2004 kam dieser Brief:

„Sehr geehrte Frau B!

Ich bedanke mich für Ihren Brief vom September mit den drei Fotos. Sie zeigen eine sehr schöne junge Frau. Sie schreiben, dass Ihre Mutter Ihnen bestätigt hat, dass Hauptmann N. K. Ihr Vater ist. Sie sagen, Sie haben ihm diese Tatsachen auch mitgeteilt, und Sie haben keine Antwort bekommen. Das finde ich schade.

Vor zwei Tagen bekam ich eine Kopie des am 4. Oktober geschriebenen Briefes von N. K. Er sagte, es tut ihm nicht leid, was für eine Freude er in Kálló bekommen hatte. Kann sein, es waren nur 3 Wochen. Aber es hat mich enttäuscht, dass er über seine persönlichen Dinge kein Wort geschrieben hat.

Als Reaktion habe ich Ihren Brief vom 23. September mit den Fotos zusammen an ihn weiter geleitet. Auf den jetzigen Zustand bezogen muss ich sagen – ich kann nicht mehr helfen, weil ich schon wegen des vorherigen Briefes mit einer juristischen Mahnung rechnen musste. Das hätte ich Ihnen eigentlich schon damals mitteilen müssen.

Wie ich es aus Ihrem Schriften sehen kann, haben Sie mit viel Erfolg gearbeitet, Sie konnten den Namen des Herrn N. K. aufklären. Ich hoffe es wird Ihnen gelingen, zu erfahren, wer er ist und dass Sie sich mit ihm treffen können.

Ich wünsche Ihnen viel Erfolg aus meinem ganzen Herzen! E. R."

Der Brief kam am 10. Oktober. Davor der nichtssagende Brief von Herrn N. K. Dadurch, dass die Mama und die Kusine ihn erkannt hatten, dachten wir, dass man jetzt nicht schreiben solle, sondern mit Herrn N. K. telefonieren.

Dieses Ferngespräch fand am 7. Oktober statt.

Ich rief die deutsche Nummer an und hatte eine sehr angeneheme Frauenstimme am Telefon. Sie sagte, Herr N. K. sei nicht erreichbar, gab uns aber einen späteren Termin. Da ich aus Ungarn angerufen hatte, wusste er sofort, worum es geht.

Ich konnte die Zeit kaum abwarten, ich habe wieder angerufen, und hatte wieder die gleiche Frau am Telefon. Sie gab uns sofort den Herrn N. K. Er hatte eine sehr bestimmende Stimme. Ich erzählte unsere Geschichte schnell, ohne Luft zu holen. Er hörte am anderen Ende nur still zu. Protestierte nicht, hörte nur still zu. Zum Schluss schlug ich ein Treffen vor, entweder in Deutschland oder in Ungarn.

Jetzt kam er zu Wort. Er sagte, dass er nach 60 Jahren seine Ruhe haben möchte und sich nicht mit uns treffen will und Tschüß. Hat aufgelegt.

Tagelang haben wir darüber geredet, was für ein Mensch er ist, der so eine Sache nicht klären will.

Wir schickten Herrn K. eine E-Mail, dass unsere Nachforschungen erfolgreich gewesen waren und sie nicht weiter suchen sollten.

Meine Frau schrieb Herrn N. K. einen langen Brief; es war schon sicher, dass er ihr Vater war.

„Lieber Vater!

Meine Mutter und die Augenzeugen bestätigten, dass Sie mein Vater sind, und ich habe Sie eineinhalb Jahre lang gesucht. Ich habe gespürt, dass es für Sie eine große Erschütterung war; schließlich sind 58 Jahre unseres Lebens vergangen. Es tut mir sehr weh und ich bin böse auf meine Mutter, dass sie es vor mir verheimlicht hat. Sie hat mir die väterliche Liebe gestohlen. Wenn sie es früher gesagt hätte, wäre vielleicht mein Leben etwas leichter gewesen. Ich war für meine Geschwister nur die Kindergärtnerin, obwohl ich auch erst 12 Jahre alt war. Meine Stiefoma hat mich nur als „deutsches Mädchen", verspottet und mir nie etwas geschenkt, nur den anderen Enkeln. Ich gebe meiner Mutter die Schuld an alldem. Jeder Mensch hat das Recht, seine eigene Familie zu kennen.

Für Sie ist es auch nicht leicht, mit 80 Jahren Kenntnis zu erhalten, dass Sie eine Tochter haben. Ich bin von der Tatsache krank geworden. Ich konnte nicht verarbeiten, dass ich eineinhalb Jahre meinen Vater suche. Ich warte Tag für Tag auf Ihre Briefe, es kommt nichts. Sie verursachen mir einen großen Schmerz. Als meine Kusine ihr Foto gesehen hat, sagte sie, wenn ich noch einen Enkelsohn kriege, sollte man ihn „N", nennen, nach Ihnen.

Lieber Vater, ich habe eine große Sehnsucht, mich mit Ihnen treffen zu dürfen. Wie das Kind, das seinen Vater nie gekannt hat. Lieber Vater, Sie sollen auch auf ihre Gefühle hören, und sich wünschen, mich zu sehen.

Ich schicke Ihnen Bilder von meiner Familie, und meiner Tochter; sie ist Ihnen sehr ähnlich.

Lieber Vater Sie müssen mich annehmen! Ich umarme Sie. Ihre Tochter Marika"

N. K. ist am 14. Juli 1920 in Berlin geboren. Wir wissen nicht viel über ihn, nur dass er gesund ist und eine Firma leitet. Wir haben gehört, dass er wegen einer alten Verletzung einen Stock braucht und auch in Kriegsgefangenschaft war.

Die Kriegsgefangenschaft muss mann sich so vorstellen, dass die 23. Division sich ergeben hat. Alle Leute wurden entlassen, nur die Offiziere nicht. Darunter war auch K.; er wurde auch in Gefangenschaft gehalten. Er ist geflohen und war verschwunden, niemand hat etwas von ihm gehört. Später, in der 50er Jahren, tauchte er wieder auf, gründete seine Firma und lebt noch immer dort.

Das Veteran Office der 23. Panzerdivision ist bei seiner Adresse angemeldet. Er wurde als Oberstleutnant von der Bundeswehr verabschiedet.

Nach unserem Telefonat schrieb ich wieder an E. R.

„Sehr geehrter Herr E. R!

Ich kann mich bei Ihnen wegen ihrer Güte zu mir nicht genug bedanken. Ihre Menschlichkeit gibt mir Kraft. Ich bin noch immer am Boden zerstört; ich habe drei Briefe an den Vater geschrieben, den Herrn N. K. Den ersten hat er nicht beantwortet, den zweiten hat er nicht angenommen, er kam zurück. Damit hat mein Vater mein Herz in tausend Stücke gebrochen. In dem Brief waren Fotos von mir und meiner Familie gewesen, er kam zurück und seitdem habe ich ihn auch nie mehr aufgemacht.

Ich habe dann wieder einen Brief mit Fotos geschickt, den hat er schon angenommen. Danach hat ihn mein Mann angerufen, hat ihm alles erzählt, aber er hat nichts gesagt. Mein Mann hat ihn um ein Treffen gebeten, um unsere Sache zu besprechen. Er hat nein gesagt. Er will nur seine Ruhe, sagte er.

Ich habe auch 57 Jahre lang in Ruhe gelebt, solange bis mir diese Wahrheit gesagt wurde, dass mein Vater ein deutscher Offizier aus dem II. Weltkrieg ist.

Davon habe ich ein Trauma bekommen und bin jetzt krank. Ich kann den Fall nicht verarbeiten.

Früher war ich 16 Jahre lang im kálloer Rathaus Standesbeamtin und habe Paare in Ehe gebunden. Wir haben unser Einfamilienhaus vor 23 Jahren gemeinsam in Kistarcsa gebaut, neben der „Formel 1"-Rennbahn. Mein Mann ist Maschinentechniker, unsere Tochter

Marika ist Lebensmittelanalytikerin. Sie hat einen Franzosen geheiratet und sie leben mit ihren zwei Buben in Frankreich.

Mein Sohn 33 Jahre alt, Informatiker und hat eine kleine Tochter.
Unsere Familie ist eine normale ungarische Mittelschicht-Familie.
Als mein Mann mit meinem Vater geredet hatte und mir mitteilte,
dass er von uns nichts wissen will, bin ich weinend zu meiner Mutter
gegangen.

Meine Mutter ist ziemlich krank. Sie hat mit mir geweint. Mein
Vater kennt schon mein Leben. Er weiß, dass man mich hinter
meinem Rücken immer nur als das deutsche Mädchen verspottet hat.

Als ich vier Jahre alt war, heiratete meine Mutter wieder. Aus dieser Ehe sind 4 Geschwister hervorgegangen. Ihre Oma hat ihnen immer Zopf oder Apfel mitgebracht, aber ich habe nie etwas bekommen.
Ich habe mich versteckt und in der Ecke geweint. Mein junges Leben
war ziemlich schlecht.

Mein Mann ist ein sehr anständiger Mann. Er steht seit 32 Jahren
zu mir, wie jetzt auch.

Er hat nach zweijähriger Suche meinen Vater aufgefunden. Wir
haben unzählige Bücher über den Krieg gekauft, aber das, von dem Sie
geschrieben haben, konnten wir nicht bekommen.

Ich habe das deutsche Volk und die Menschen immer geschätzt.
Es ist wegen meines Vaters. Sein Blut wirkt auf mich.

Sie, lieber Herr R., Sie sind ein aufrichtiger Mensch, ehrlich und
hilfsbereit. Ihre Briefe helfen mir. Es ist mir klar, dass Sie ein sehr
beschäftigter Mensch sind und trotzdem nehmen Sie sich die Zeit, um
mir zu schreiben.

Ich bitte Sie, senden Sie mir auch ein Foto von sich, damit ich Sie
wenigstens per Foto kennenlernen darf. Es würde mir eine große
Freude machen und viel bedeuten.

Ich bete zum lieben Gott für Ihre gute Gesundheit, dass Sie noch
vielen Menschen helfen können.

Ich hoffe aber, dass mein Vater mit der Zeit mich akzeptieren wird,
mich annimmt und eines Tages sich auch mit mir treffen will. Ich
möchte nur ein bisschen seine geliebte Tochter sein.

Einer unserer Bekannten ist Polizeileutnant, er sagt immer, dass ich Recht habe.

Leider weiß ich nicht mehr, wie es weiter gehen soll.

Ich habe zwei Aufnahmen von meinem Vater, eine als ihm das Eiserne Kreuz verliehen wurde und ein anderes, auf dem er die Bundeswehruniform anhat.

Die Bekannten behaupten, dass wir uns sehr ähnlich sind.

Ich habe nach 59 Jahren meinen Vater gefunden. Es heißt Gott hat etwas mit uns vor, ich weiß nur nicht was. Er hat schon in der Wirklichkeit gezeigt, was für ein Mensch er ist. Mein Vater will mit mir nichts zu tun haben. Eines Tages muss er vor dem „oberen Richterstuhl" mit sich abrechnen.

Ich bitte Sie, schreiben Sie mir manchmal nur ein paar Zeilen, das beruhigt mich sehr und macht mir viel Freude.

Entschuldigen Sie mir bitte, dass ich so viel schreibe, aber Sie bedeuten für mich eine Beruhigung.

Ich schicke Ihnen von mir, und von meine Tochter ein Bild. Da sieht man, wie ähnlich sie ihrem Opa ist.

Herzliche Grüße: Frau B. Marika"

Die Geschehnisse laufen unaufhaltsam weiter. Wir haben alles versucht, um zu einem Ergebnis zu kommen. Wir haben per Internet herausbekommen, dass in der Stadt, in der Herr N. K. wohnt, entweder seine Adresse oder sein Büro zur katholischen Kirchengemeinde gehört. Die bischöfliche Kanzlei gab uns die Adresse, die im Umkreis der Dreifaltigkeitskirche liegt.

Wir haben den folgenden Brief an das Pfarramt gesendet:

„Ehrenwürdiger Vater S!

Entschuldigung wegen der indiskreten Frage, aber ich möchte wissen, ob der in der o. g. Strasse wohnende Herr N. K. zu Ihrer Kirchengemeinde gehört?

Wenn ja, möchte ich mich mit einer Bitte an Sie wenden. Ich warte auf Ihre ehrenvolle Antwort.

Frau B. Marika"

Denselben Brief schickte ich auch an Vater K. Es kam keine Antwort.

Nach eine Weile riefen wir Pater S. an und er versprach, uns zurückzurufen, aber das ist nie passiert. Am 4. November erhielten wir einen Brief vom deutschen Suchdienst auf unsere Nachfrage aus dem März. Betitelt war er mit:

„Vatersuche „O", Jakob."

„Sehr geehrte Frau B,
wir haben uns über Ihren Brief, in dem Sie um unsere Hilfe bei der Suche nach Ihrem Vater bitten, gefreut. Über den II. Weltkrieg haben wir 18 Millionen Daten. Erstes und wichtigstes Kriterium ist der Familienname und der fehlt bei Ihnen.

Wir haben Daten gefunden über einen unbekannten Offizier, der bei der 23. Kriegsdivision gedient hat. Aber wir haben keinen „Jakob", gefunden mit Familiennamen „O". Es gibt keine Regelung, keine Vorschrift, dass man auf eine Kettenmedaille nur den Anfangsbuchstaben des Familiennamens gravieren darf.

Ich denke, wir können nicht helfen. Letztendlich kann ich nur eine Liste senden mit den Offizieren des 23. Division. Wenn Ihrer Mutter der Familienname noch einfällt, teilen Sie ihn uns bitte mit. Das Zeichen der Division oder eine Lagerpostleitzahl würde auch etwas weiterhelfen. So könnten wir die Suche wieder aufnehmen. Mit freundlichen Grüßen."

Wir bekamen einen neuen Brief von Herrn E. R. Das ist derjenige, der auf jeden Brief antwortet und Marika mit seiner Empathie hilft.

„Sehr geehrte Frau B.
Sie haben eine wunderschöne ungarische Tochter. Meine Frau und ich gratulieren Ihnen zu ihren wirklich sehr schönen Kindern. Wenn

Ihre Tochter in Frankreicht lebt, kommt sie sicher auch nach Kistarcsa und Sie fahren auch nach Frankreich zu ihr.

Ihr Vater sollte sich auch freuen, wenn Sie ihm auch die Fotos geschickt haben.

Er muss sich freuen für die Enkelkinder. Wenn er noch immer gegen das Treffen ist und Sie deswegen kränkeln, so müssen Sie das Treffen erzwingen.

Wenn ihre Tochter aus Frankreich kommt, sollte sie auch dabei sein. Sie müssen es betonen, dass Sie gar nichts Weiteres wollen, nur kennenlernen.

Was sie über sich und über Ihre Familie geschrieben haben, muss Ihr Vater akzeptieren. Er muss wissen, wie es für Sie gewesen war, ein deutsches Mädchen.

Ich weiß wie schwer es für Sie war und für Ihre Heimat unter dem sowjetischen Kommunismus. Ihr Schicksal war sehr schwer und ich und meine Frau können es gut verstehen. Es tut uns auch leid. Wir verstehen es nicht, dass Herr N. so feige ist, statt Sie anzunehmen. Nach meiner Meinung ist das für deutsche Offiziere nicht typisch. Auf jeden Fall ist Ihr Mann sehr ehrenwert, dass er bei der Suche nach Ihrem Vater so zu Ihnen hält.

Lassen Sie Ihren Kopf nicht hängen, dass Ihr Vater so lange auf sich warten lässt. Wie ich es schon geschrieben habe, kann ich leider nicht weiter helfen. Ich habe dazu keine Recht. Ich kann es nur wünschen, dass Ihr Vater Sie nicht verstößt. Vielleicht sollten Sie die deutsche Botschaft aufsuchen, um ein Treffen organisieren zu lassen, vielleicht ist das auch ein Weg.

Ich habe mein Buch über die 23. Panzerdivision 1962 geschrieben. Es wurde 1965 wieder verlegt, aber es ist sogar in Antiquariaten nicht mehr zu finden. Von einem amerikanischen Verlag wird es in englischer Sprache verlegt. Es gefällt ihnen und ich stehe seit 2 Monaten mit ihnen in Verhandlung. Wenn das Buch erscheint, sage ich Ihnen Bescheid. Auf Ihren Wunsch sende ich von mir ein Foto aus 1976 als Hauptarzt der Bundeswehr.

Seit 28 Jahren bin ich in Rente. Seit 1980 bin ich kein Militärarzt mehr, aber ich habe viel zu tun.

Erlauben Sie mir, dass ich meine besten Wünsche übermittele und hoffe, dass Sie sich mit ihrem Vater treffen können.

Mit den besten Wünschen und mit freundlichen Grüßen, auch für Ihren Mann

E. R."

Solange es solche Menschen gibt, lohnt es sich, weiter zu kämpfen. Das gilt nicht nur für uns. Ich wurde aber natürlich auch mit anderen Einstellungen konfrontiert. Interessanterweise sind gerade die Menschen, die von Beruf aus Empathie empfinden sollten, ziemlich neutral oder uninteressiert.

Das passierte auch, als ich das Pfarramt um Hilfe gebeten habe. Hier ist der Brief, den ich verschickt habe.

„Ehrwürdiger Herr S. Kaplan,

Entschuldigung, aber ich kann mir nicht vorstellen, warum ich seit dem 19. November keine Antwort von Ihnen erhalten habe.

Ich bin 59 Jahre alt und vor zwei Jahren hat mir meine Mutter mitgeteilt: „Ich werde dir einen großen Schmerz verursachen, wenn ich dir mein Geheimnis anvertraue. Ich kann es nicht mehr für mich behalten. Sie schwor, dass sie die Wahrheit sagt. In dieser Zeit war sie schwer krank und sie dachte, dass sie nicht mehr lange leben wird.

„Ich kann diese Last nicht mehr weiter tragen – dein Vater war ein deutscher Offizier aus dem zweiten Weltkrieg. Er war ungefähr einen Monat lang bei uns im Haus einquartiert. Unter der Zeit hatten wir eine Liebesbeziehung, die von Ende Oktober bis Ende November 1944 hielt. Als er und die anderen sich zurückgezogen haben, merkte ich, dass ich schwanger geworden war."

Diese Geschichte hat mich zerstört. Seitdem bin ich seelisch krank. Mein Arzt meinte, dass für mich die einzige Lösung wäre, meinen Vater zu treffen. Ich sollte die Familie kennenlernen, von der ich stamme. Das war vor zwei Jahren. Seitdem suche ich ununterbrochen meinen Vater mit Hilfe meines Mannes. Ich dachte ich brauche ein göttlichen Wunder, dass ich ihn wieder finden kann. Es ist passiert! Im Frühling dieses Jahres kamen 5-6 Offiziere in unseren Sichtwinkel und unter diesen war mein Vater.

In der Kriegszeit wohnten mit unserer Familie im selben Haus auch meine Kusine und mein Onkel. Ich schickte ihnen das Foto mit den sechs Männern und sie haben ihn eindeutig erkannt. Danach zeigte ich ihn meiner Mutter. Sie hat ihn weinend auch sofort erkannt. Ich habe ihm geschrieben, aber mein Brief wurde nicht angenommen; er hat ihn zurückgeschickt. Danach hat mein Mann mit ihm telefoniert. Er hat so reagiert, dass er nach 60 Jahren nur seine Ruhe haben will.

Im zweiten Brief schickte ich ihm Fotos von mir und meiner Familie. Meine Tochter ist meinem Vater sehr ähnlich. Meine Kusine, die Augenzeuge ist, sagte, sie erinnert sich so, dass der Vater religiös war.

Nach dieser Aussage verstehe ich überhaupt nicht, warum er von mir nichts hören will. Warum will er sich mit mir nicht treffen?

Ich möchte ihn nur treffen und er wird sowieso entscheiden, ob er mit mir weiteren Kontakt halten möchte oder nicht. Es ist mir klar, dass es auch für ihn nicht leicht ist. Nach 60 Jahren zu erfahren, dass er eine Tochter hat. Ich denke seine Familie ist auch nicht begeistert.

Ich weiß nicht, was Gott uns mit dem Fall andeuten will, aber ich vertraue auf den göttlichen Willen.

Ehrerbietig warte ich auf Ihre Antwort: Frau B. Marika

P.S.: Den Brief habe ich auch an das Kirchengemeindebüro geschickt. Ich habe von Ihnen nicht einmal eine abweisende Zeile erhalten. Dafür finde ich keine Erklärung."

Die religiösen Lehren nehmen die Kirchendiener nicht ernst. Aber Menschen wie Herr R. leisten den Gegenpol – ihr Einfühlungsvermögen, ihre Hilfsbereitschaft bedeuten sehr viel in dieser seelenlosen Welt.

Wo Väter ihre Kinder oder Kinder die Eltern belügen. Man muss sich nicht wundern, dass die Menschen sich voneinander entfremden. Auf den Novemberbrief von Herrn R. haben wir Folgendes geantwortet:

„Sehr geehrter Herr R,
Erst möchte ich mich bedanken für Ihren Brief aus dem November, auch für Ihre Fotos danke ich. Sie sind auf dem Bild auch ein sehr liebenswerter Mensch, was ich schon vorgeahnt hatte. Auf dem Foto ist ein junggebliebener fescher Mann zu sehen.

Ich habe mit meiner Anwort deshalb gezögert, weil ich gehofft hatte, dass ich inzwischen von meinem Vater einen Brief bekommen würde. Leider ist das nicht passiert. Mein Mann hat ihn angerufen, wobei er versprochen hatte zu schreiben – aber er hat es nicht getan. In dem Telefongespräch hat mein Vater behauptet, dass sein noch lebender Kriegswagenchauffeur auch sagte, dass sie nicht in Kálló gewesen waren.

Lieber Herr R., alle Augenzeugen bestätigen genau das, was meine Mutter behauptet: „Der ist ein Schuft, der seine Tochter nicht anerkennen will." Danach haben wir gemeinsam geweint.

Meine Kusine, auch eine Augenzeugin, sagt: „Es ist unmöglich, er war religiös, ich habe ihn beten gesehen." Aber sie sagte auch, dass die anderen Soldaten viel von ihm hielten.

Geehrter Herr R., ich sagte schon, dass ich es für furchtbar halte, dass meine Mutter mir dies verheimlicht hat. Sie hat mich 57 Jahre lang in Lüge gehalten. Sie konnte die Last nicht mehr ertragen, deshalb hat sie es mir endlich gebeichtet. Damals war sie schwer krank, jetzt ist sie wieder gesund und jetzt tut ihr Leid, dass sie es mir verraten hat, weil ich es nicht verarbeiten kann.

Zu der Einstellung meines Vaters kann man nichts sagen.

Lieber Herr R! Ich erinnere mich, dass ich im Alter von ungefähr 8 Jahren immer Blumen zu den deutschen Soldatengräbern gebracht habe, obwohl sie ohne Zeichen beerdigt waren. Es kam nur so aus meinem Herzen heraus, bestimmt wegen meines deutschen Blutes.

Danach wurden sie alle exhumiert und haben eine schöne Ruhestelle in Budaörs auf dem Militärischen Friedhof bekommen. Wir fahren seit Jahren immer wieder dort hin und bringen auch Blumen.

Ich weiß sehr gut, dass für unser Leben viele Soldaten ihr Leben verloren haben.

Ich habe Gefühle. Ich stelle mir vor, was eine väterliche Umarmung bedeuten kann, die ich in meinem Leben nie erfahren durfte.

Mein Vater will mich leider nicht sehen.

Will über seine Enkel und Urenkel auch nichts wissen.

Meine Tochter hat zwei Jungen, 4 und 2 Jahre alt. Mein Sohn hat eine Tochter mit Namen „Flor".

Meine Tochter hat auf ihrem Gesicht ein Grübchen, wie mein Vater auch, wenn sie lacht. Meine Tochter hat so einen starken Willen wie ihr Opa.

Unsere Kinder sind auch ein wenig deutsch und die Enkel sind auch Ungarn, Deutsche und Franzosen.

Herr R., ich denke oft daran, dass Ihre Frau ganz fremd ist und doch mit mir fühlt. Es freut mich, dass meine Familie Ihnen gefällt. Das ist auch ein Erfolg in dem Kampf. Obwohl ich oft keine Kraft mehr habe, um in der Geschichte weiter zu kämpfen.

Wenn auch nur sehr kurz, aber bitte schreiben Sie mir. Von ganzem Herz grüße ich Sie: Frau B. Marika"

Ich wollte das Jahr 2004 so beenden, dass ich allen Weihnachts- und Neujahrskarten schicke. Auf den Brief von Dezember von dem „WAS", habe ich auch geantwortet, weil neue Fragen aufkamen. So ist es.

„Sehr gehrter Herr Kü.!

Ich habe Ihren Brief mit schönem Dank erhalten. Inzwischen haben wir neue Daten bekommen.

Wie ich schon geschrieben habe, war der gesuchte Offizier ab Ende Oktober bis Ende November 1944 drei Wochen lang ganz sicher in Kálló.

Ich bin am 30. Juli 1945 geboren. Davor war meine Mutter schon 16 Jahre verheiratet, ohne Kind. Der Mann, dessen Name ich trage, kämpfte in der Zeit an der Front.

Meine Mutter hat mit dem Offizier in den drei Wochen, in denen er bei uns einquartiert war, eine Liebesbeziehung geführt. Ich bin schon überzeugt, dass es wahr ist.

Bei unserer Suche hat sich der Kreis auf 5-6 Offiziere verengt. Von denen habe ich Fotos besorgt. Ich habe die Bilder erst meiner Kusine gezeigt – sie hat damals bei uns gewohnt und sie war eine echte Augenzeugin der Geschehnisse.

Sie hat den Offizier, der bei uns gewohnt hat, tagtäglich gesehen. Sie sagte weinend: „Du brauchst nicht weiter suchen, der Mann ist dein Vater! Er hat das gleiche Grübchen im Gesicht wie du, wenn ihr lacht."

Meine Mutter hat das Bild auch sofort erkannt. Sie schwor auf das heilige Kreuz, dass der Offizier Hauptmann N. K. ist.

Mein Mann hat ihn angerufen – er hat nur zugehört und dann hat er gesagt, er wolle nach 60 Jahren nur seine Ruhe und hat den Hörer aufgelegt.

Er möchte sich nicht mit mir treffen, den Fall nicht aufklären. Es ist eine unmögliche Lage, ich bin seit zwei Jahren krank wegen dieser Sache. Ich bin bald 60 Jahre alt, ich habe eine Tochter, 37, und einen Sohn, 33, und drei Enkel.

Ich will nichts mehr, nur endlich meinen Vater treffen. Ich möchte sogar mit einem Vaterschaftstest die Lage klären. Ich bin Ungarin, so weiß ich nicht, was das deutsche Recht in solchen juristischen Fällen sagt.

Ich bin dabei auch sicher, dass Gott etwas mit uns vorhat, dass ich meinen Vater kennenlernen soll.

Ich vermute, Sie haben bestimmt auch Daten von der Zeit aus Kálló. Herr N. K. war in der Gemeinde, Sie haben bestimmt Daten,

welche Truppen wo gewesen sind. Ich hoffe, dass Sie mir helfen können.
Ich warte auf Ihre Antwort mit freundlichen Grüßen: Frau B. Marika"

Eines Tages sagte meine Frau geheimnisvoll: „Wir müssen in einer sehr wichtigen Angelegenheit nach Budapest fahren."
„Warum, und wohin?", fragte ich
„Ich darf es dir nicht sagen, du wirst es rechtzeitig sehen."
Ich habe sehr neugierig auf den Nachmittag gewartet. Unterwegs verriet sie mir das große Geheimnis – es hat mich überrascht.
„Du hast auch schon von solchen Hellsehern gehört, die verschwundene Menschen aufspüren können, sie werden sogar von der Polizei in Anspruch genommen. Es gibt Fälle, in denen jemand verschwindet und es nur ein Foto gibt, wonach man suchen kann. Ich habe mit dem Mann gesprochen und er wird uns empfangen. Ich konnte nicht viel dazu sagen. Wir waren beide still. Die Gedanken beschäftigten uns.
Ich brach die Stille: „Was erwartest du von ihm?"
„Ich möchte von ihm eine Bestärkung meiner Vermutung, dass der deutsche Offizier tatsächlich mein Vater ist."
„Meinst du, das ist nach einem Foto möglich? Die Mama und Ilonka, die Augenzeugin war in der Kriegszeit, haben voneinander unabhängig behauptet, dass er dein Vater ist. Sie haben fest bestätigt, dass er Offizier in Kálló war. Der Herr E. R. war Kommandant beim selben Panzerregiment und auch er hat geschrieben, dass N. K. 3 Wochen lang in Kálló war. Du kannst dir doch denken, dass so ein verantwortungsvoller Mann nicht etwas behauptet, das nicht stimmt. Er hat offensichtlich konkrete Daten über das, was er sagt."
„Gut, gut, aber es ist ja kein Fehler, wenn noch jemand es verstärken kann", sagte meine Frau.
„Wie du willst", sagte ich, „Du weißt, dass ich immer zu dir halte."
Ich war noch nie bei der Adresse, habe ich es doch sehr leicht

gefunden. Aber ich kenne mich in Budapest sehr gut aus. Ich finde mit einem Auto so gut wie zu Fuß überall hin.

Habe eingeparkt und nach kurzem Spaziergang traten wir in den von der Straße geöffneten Raum. Es war halbdunkel und exotische Skulpturen standen überall mit rituellen Sachen herum. In der Mitte stand ein Tisch mit einer brennenden Kerze. Sie brennt laufend, weil in der Mitte, wo sie stand, war schon ein großer Haufen Talg abgetropft.

Aus dem Zimmer, in das dieser Warteraum führte, ging eine Patientin fort.

Gegenüber der Einganstür – wie an einer Rezeptionstheke – saß eine junge Frau. Sie stand auf und kam um uns zu grüßen. Wir gaben ihr die Hand und sie fragte: „Wie kann ich Ihnen helfen?"

„Wir haben mit dem Meister abgesprochen, dass er uns zu diesem Zeitpunkt empfängt. Ich bin J. B. Und das ist meine Frau – sie hat eigentlich den Besuch organisiert."

„Bitte um ein wenig Geduld", sagte sie. „Der Meister wird Sie gleich empfangen."

Nach ein paar Minuten kam ein sympathischer junger Mann und bat uns in ein kleines Zimmer. Es war ein schmales Zimmerle mit einem Tisch. Darauf stand auch eine ewig brennende Kerze. Er bot uns Platz an und setzte sich uns gegenüber an den Tisch.

Wir setzten uns und Marika, meine Frau, nahm aus ihrer Tasche das Foto von N. K., dem deutschen Hauptmann. Es war eine Abbildung aus dem II. Weltkrieg in Uniform mit dem Eisernen Kreuz um den Hals.

Der junge Mann nahm das Bild und behauptete gleich mit tiefer Überzeugung:

„Jaaa, er ist mit 100 %iger Sicherheit Ihr Vater!"

„Kann ich sogar eine DNA-Untersuchung verlangen?"

„Ja, natürlich", war die kurze, aber sichere Antwort.

Das Ziel unseres Besuch war, dass eine dritte Person auch exakt bestätigt, dass er der Vater ist.

Wir wollten das Jahr so beenden, dass wir allen schreiben.

Von Herrn R. hatten wir sowieso lange nichts gehört und dachten, dass er krank sei oder wir ihn eventuell beleidigen könnten und so schreiben wir erst ihm.

„Sehr geehrter Herr R!
Auf meinen am 14. November geschriebenen Brief habe ich noch keine Antwort erhalten, obwohl Sie es sonst immer gleich gemacht hatten. Ich dachte, vielleicht haben Sie ihn nicht erhalten; aus diesem Grund schreibe ich wieder paar Zeilen.

Ich hoffe es gibt keinen Grund, dass Sie böse auf mich sind. Ich schätze Sie hoch und ich denke mit Liebe an Sie.

Von meinem Vater habe ich bis heute keinen Brief bekommen. Er will mich und meine Familie nicht kennenlernen. Doch ich möchte klar machen, dass er sicher mein Vater ist.

Ich bin 100 % sicher und ich möchte einen Vaterschaftstest machen lassen. Jedes Kind hat das Recht zu wissen, wer seine Eltern sind. Ich bin von dieser Ungewissheit krank. Ich denke, dass mein Vater mir zu Weihnachten schreiben wird, aber zu große Hoffnung mache ich mir doch nicht.

Heute bin ich immer unsicherer, was ich tun soll. Mit herzlichen Grüßen: Frau B. Marika"

Auch am 16. November schrieben wir einen Brief an Herrn N. K.:

„Lieber Vater!
Sie haben seit August nicht geschrieben, auch nicht auf meine Briefe geantwortet. Obwohl ich hoffte, dass Jesus Christus Ihr Herz öffnet. Ich kann mir vorstellen, dass der Krieg Ihr Herz verhärtet hat.

Ich möchte nochmal erklären, dass ich am 30. Juli 1945 in Kálló geboren bin. Meine Mutter sagte, dass Sie sie oft geküsst haben. Diese Liebesbeziehung dauerte 3 Wochen lang. Meine Mutter hat Sie sehr geliebt.

Ich kann mir nicht vorstellen, warum Sie sich nicht mit mir treffen wollen. Es kann Ihnen schwer sein, nach 60 Jahren zu erfahren, dass Sie eine Tochter in Ungarn haben.

Meine Mutter hat dieses Geheimnis 57 Jahre lang für sich behalten. Ich suche Sie mit meinem Mann seit 2 Jahren. Wir sind auf sechs Offiziere gestoßen, die sich in der Zeit in Kálló aufgehalten haben dürften und wir haben ihre Fotos auch erhalten. Aus diesen Fotos hat meine Mutter Ihr Bild ausgewählt. Sie hat auf das heilige Kreuz geschworen, dass Sie mein Vater sind.

Das hat mich mit großer Freude erfüllt.

Der Mann, dessen Name ich trage, kam im März 1946 aus der Kriegsgefangenschaft nach Hause. Er sah erst das 4 Monate alte Mädchen und er war auf mich nicht böse, weil er mit der Mutter seit 16 Jahren in Ehe gelebt hat, aber sie hatten keine Kinder. 7 Monate nach seiner Rückkehr ist er verstorben. So lange er lebte, liebte er mich sehr.

Im Dorf, hinter meinem Rücken, hat man mich nur als deutsches Mädchen verspottet. Es war schwer zu ertragen.

Ich war 16 Jahre lang im Gemeindehaus Standesbeamtin. Mein Mann ist Maschinentechniker. Heute sind wir beide in Rente.

Unsere Tochter ist 30 Jahre alt und sie lebt in Frankreich, hat zwei Söhne. Mein Sohn ist 33 und stolzer Vater einer 4jährigen Tochter. Wir wohnen in der Nähe von Budapest in einem kleinen Dorf in Kistarcsa.

Wir besuchen unsere Tochter Marika in Frankreich mit dem Auto. Sie ähnelt Ihnen sehr. Die Bekannten sagen, dass sie das gleiche Grübchen im Gesicht hat wie Sie, Vater. (Übrigens – meine Mutter heißt auch Marika.)

Ich bin nicht böse auf Sie trotz Ihres Benehmens mir gegenüber. Ich weiß nicht, was unser Gott mit uns vorhat, dass dieses Geheimnis erst nach 57 Jahren gelüftet wurde. Dies Ganze ist ein göttliches Wunder. Ich will von Ihnen gar nichts, nur Sie kennenlernen und danach müssen Sie entscheiden, ob Sie weiterhin Kontakt haben wollen oder nicht.

Ich spüre es 100%, dass Sie mein Vater sind. Meine Mutter und meine Kusine, die Augenzeugin, haben beide Sie erkannt. Ich denke ihre deutsche Familie ist gegen unser Treffeb. Einerseits haben sie Recht, aber jedes Kind hat auch das Recht, seine Eltern zu kennen. Ich will auch nur dieses Recht.

Ich stehe zu einer DNS Untersuchung, damit wir sicher wissen, ob Sie mein Vater sind.

Bitte denken Sie über meinen Vorschlag nach, und sagen Sie ja. Das Leben ist so unberechenbar, und so zerbrechlich. Heute ist in Budapest ein Auto in uns gefahren. Es ist nichts passiert, aber es hätte auch anders enden können.

Lieber Vater, ich kann nicht annehmen, dass sie so still sind, mir keine Antwort geben. Eine natürliche menschliche Reaktion ist, dass man auf Fragen antwortet. Ich hoffe Sie verstehen meinen Brief und werden ihn beantworten.

Es umarmt Sie Ihre liebende Tochter: Marika"

Ich dachte, so einen Brief kann man nicht ohne Antwort lassen, aber das wurde widerlegt. Dadurch, dass wir bei diesem Thema weiterkommen wollten, wandten wir uns an einen deutschen Bekannten. Er sagte uns, wie man einen DNA Test beantragen kann.

Die Feiertage waren vorbei und wir konnten mit Herrn N. K. nicht ins Gespräch kommen. Er hat sich in den Schwarzwald zurückgezogen, um sich auszuruhen.

Mitte Januar 2005 bekam ich einen Brief mit Empfangsschein.

„Sehr geehrte Frau.B!

Am Jahresende habe ich mit meinem Kampfwagenführer gesprochen, der noch lebt, und alles über mich weiß. Er sagte, dass wir 1944 nicht in Quartier waren, sondern im Einsatz. Ich heiße nicht „Jochen".

Das Eiserne Kreuz habe ich erst im November 1944 bekommen, und danach bin ich am Ende des Jahres in Deutschland gewesen. Ich schicke Ihnen ein Blatt von meiner Dienstordnung, da können Sie sehen, dass ich im Einsatz war.

Ich bitte Sie, mich weiterhin in Ruhe zu lassen und mich nicht mehr zu stören.

Mit freundlichen Grüßen: N. K.

In diesem Brief schicke ich Ihnen ihre Fotos zurück."

Ja, die Kopie von dem Einsatz zeigt nur, dass Sie zwischen Donau und Teiss waren. Zu der gefragten Zeit waren sie zwischen Cegléd und Hatvan. Nur hat er vergessen zu sagen, dass er sein Eisernes Kreuz am 18. November bekommen hat – als Reservist. Also er war in Einsatzreserve.

Danach haben wir Herrn E. R. den folgenden Brief geschrieben:

„Entschuldigen Sie bitte, dass ich mit meinem Brief wieder störe, aber ich sende die Kopie des Briefes, der beweist, dass ich Recht habe.

Das mit den Kämpfen zwischen Donau und Theiss stimmt, sie fanden um die Stadt Hatvan in unserer Nähe statt.

Zwischen Hatvan und Kalló liegen 15 km. Ich weiß auch gut, dass Sie bei uns nicht Ferien hatten. Meine Mutter hat auch erzählt, dass der genannte Herr in den Abendstunden zum Kämpfen gegangen ist.

Herr N. K. sagte meinem Mann am Telefon, dass sein Kampfwagen-führer seine Behauptungen bestätigt. Aber Herr N. K. hat gar nicht gesagt, dass ich nicht seine Tochter bin. Hat auch nicht gesagt, dass er nie in Kálló war. Ich denke er will nicht lügen, also er sagt lieber nichts.

Meine Mutter und die Kusine haben ihn eindeutig identifiziert. Mein Vater will mich nicht kennen, hat die Fotos auch zurückgeschickt.

Lieber Herr R.!

Ich kann mich nicht beruhigen und ich führe den Beweis fort. In der Zwischenzeit hatte ich einen kleinen Unfall. Ein anderes Auto hat uns von hinten angefahren. Zuletzt hatten wir Glück, es ist nichts passiert.

Ich bitte Sie, sagen Sie mir Ihre Meinung über diesen Brief, den Herr N. K. uns geschickt hat. Ich weiß, dass Sie viel zu tun haben wegen der Flut, aber schreiben Sie mir doch eine oder zwei Zeilen. PS. Heute hat mein Mann mit ihm geredet, aber er wollte ihn nicht anhören. Er sagte nur, er hieß nie „Jochen". Meine Mutter hat immer „Jakob" gesagt. Ich weiß nicht, woher er den Namen „Jochen" nimmt, das ist nur eine Ausrede.

Nach diesem Brief haben wir sehr auf die Antwort gewartet, aber es sind interessante Sachen passiert.

Bevor wir einen Brief erhielten, hörte ich in einigen deutschen Fernsehprogrammen Sendungen über Vaterschaftsthemen. So kamen wir zum „GENEDIA Labor". Dr. H. führt genetische Untersuchungen durch, ich schickte ihm eine Nachfrage.

Danach haben wir telefoniert, wobei ich meine Geschichte kurz schilderte. Er meinte, der Vater müsse sein Einverständnis zu einer Probe geben und empfahl uns eine Journalistin namens B. S. die wahrscheinlich meinen Vater überreden würde, eine Probe abzugeben.

Frau B. S. sendet uns eine E-Mail:

„Sehr geehrter Herr B.!
Ich habe ihre E-Mail-Adresse von Herrn Dr. H. bekommen. Er sagte mir, dass Ihre Frau jemanden sucht. Ich beschäftige mich mit solchen Fällen als freiberufliche Journalistin. Wenn sie meinen, dass ich Ihnen helfen kann, senden Sie mir bitte Ihren Auftrag und Ihre Telefonnummer.
Mit freundlichen Grüßen B. S."

Bevor wir diesen Brief erhalten haben, hatten wir im Fernsehen von einem anderen Verein gehört, einer „Vatersuchergruppe", an die ich mich brieflich wandte:

„Sehr geehrtes Vatersucher-Team"
Ich bin eine bald 60 Jahre alte ungarische Frau. Ich kann nicht gut deutsch reden, aber mein Mann kann es besser. So denke ich, Sie werden verstehen was ich möchte.

Mein Name ist Frau B. Ich bin am 30. Juli 1945 in Kálló geboren. Kálló liegt nicht weit entfernt von der Stadt Hatvan.

Meine Mutter hat mir vor zwei Jahren erzählt, dass mein Erzeuger-Vater ein deutscher Offizier war. Er war im II. Weltkrieg bei uns einquartiert, von Ende Oktober bis Ende November, ungefähr 3 Wochen lang. Zwischen dem Offizier und meiner Mutter war eine Liebesbeziehung entstanden. Der Hauptmann ging meistens am Nachmittag oder am Abend zu Kämpfen in die Stadt Hatvan.

Es ging um der Schutz der Stadt. Ende November flohen die Gruppen in Richtung Vác.

Meine Mutter hat danach bemerkt, dass sie mit mir schwanger war. Ihr Ehemann war an der Front, ab 1944 in Kriegsgefangenschaft und er kehrte im Oktober 1945 zurück. In dieser Zeit war ich schon 3 Monate alt. Der Mann, dessen Name ich trage, starb 7 Monate später.

Meine Mutter konnte diese Last nicht mehr für sich behalten und schwor auf das Heilige Kreuz, dass es die Wahrheit ist.

Diese Sache hat mich seelisch ruiniert. Seitdem stehe ich unter ärztlicher Behandlung. Ich kann den Fall nicht verarbeiten.

Mein Mann und ich fanden nach zweijähriger Forschung 5-6 Soldaten, unter denen die gesuchte Person sein könnte. Wir besorgten Fotos und meine Mutter und meine Kusine haben eindeutig den gesuchten Hauptmann identifiziert.

Dieser Offizier N. K. lebt (ich habe seine Adresse und Telefonnummer angegeben).

Wir haben ihm schon Briefe geschickt, aber er will nichts von mir wissen. Mein Mann hat mit ihm telefoniert aber er will nichts klären.

Ich denke, Sie können vielleicht helfen. Ich möchte nur sicher wissen, ob er mein Vater ist oder nicht. Er will es bestimmt wegen seiner Familie nicht.

Mit freundlichen Grüßen Frau B. Marika"

Man hat uns sofort mitgeteilt, dass mein Fall der Mitarbeiterin von Frau B. S. zur Bearbeitung gegeben wurde.

Inzwischen haben wir mit der Journalistin Frau B. S. telefonisch gesprochen und wir haben uns in Einzelheiten geeinigt. Den unterschriebenen Auftrag haben wir per E-Mail zu ihr geschickt.

„Sehr geehrte Frau B. S.

Wir danken für ihre E-Mail. Wir haben uns sehr gefreut. Ich denke Sie werden es schaffen und auf irgendeine Art einen Kontakt zwischen meiner Frau und ihrem Vater verwirklichen. Der Fall ist ein göttliches Wunder.

Vor zwei Jahren sagte meine Schwiegermutter zu meiner Frau:

„Meine Tochter, dein Vater ist ein deutscher Offizier; er war während des Krieges als Reservist in unserem Haus untergebracht. Es dauerte 3 Wochen, von Ende Oktober bis Ende November 1944 in Kálló, so heißt unser Dorf.

Kalló liegt nicht weit entfernt von der Stadt Hatvan. Der Offizier und seine Truppe haben Hatvan verteidigt. Der Offizier war ein Hauptmann, ein Oberbefehlshaber bei der Panzerdivision."

In der Zeit unterhielt meine Schwiegermutter eine Liebesbeziehung zu ihm.

Die deutschen Truppen sind vor den Russen Richtung Vác geflohen. Meine Schwiegermutter merkte erst danach, dass sie schwanger war. Meine Frau ist am 30. Juli 1945 geboren.

Wir fingen an zu suchen – in den zwei Jahren haben wir 5-6 Soldaten gefunden, die in Frage kämen. Wir haben auch Fotos besorgt, die wir erst an die Kusine meiner Frau schickten, die damals mit Schwiegermutter in einem Haus wohnte – sie war Augenzeugin. Sie sagte, sie hat den Hauptmann mehrmals gesehen.

Nachdem sie das Foto gesehen hatte, rief sie meine Frau weinend an und sagte: „Du brauchst nicht mehr weiter suchen, er ist definitiv dein Vater! Es ist der Offizier, der im Gesicht auch so ein Grübchen hat wie du, wenn du lachst." Die Schwiegermutter hat ihn auch sofort identifiziert. Der Hauptmann ist Herr N. K. Die Mutter schwor auf das heilige Kreuz, dass er es ist.

Wir haben weiter gesucht, und ihn gefunden, er lebt!

Auf unsere Interesse hat er so reagiert, dass er von uns nichts wissen will. 60 Jahre nach dem Krieg will er seine Ruhe haben.

Meine Frau will wissen, wer ihr Vater ist. Sie ist seelisch krank geworden – sie kann es nicht verarbeiten.

Ich hoffe sehr, dass es durch Sie klappen wird, Herrn N. K. zu treffen.

Meine Frau will nichts weiter, nur wissen, ob er ihr Vater ist. Mit freundlichen Grüßen, B. J. und Frau B. Marika"

Ein paar Tage, nachdem wir den Brief abgeschickt hatten, kam eine E-Mail, am 7. Februar, von der Journalistin.

"Sehr geehrter Herr B.!

Ich konnte mit Herrn N. K. sprechen. Er war ziemlich gereizt. Er sagte, dass er sich mit dem Fall nie mehr beschäftigen will. Er hat Ihnen einen langen Brief geschrieben, weil Ihre Meinungen treffen sich nicht.

Er hat behauptet: Die Person, die Sie suchen, heißt Jochen und er heißt Norbert. Sie sagen, er hat täglich gebetet, er betet nie.

Sie sagen, er hat das Eiserne Kreuz getragen, aber das hat er erst Ende 1944 bekommen.

Er wäre 4 Wochen lang in einem Dorf gewesen? Nein, in Ungarn waren sie immer im Einsatz.

Letztendlich er hat nicht geleugnet, dass er der Vater Ihrer Frau sein kann.

Ich habe ihm gesagt, dass ein DNA Test die Vaterschaft beweisen oder ausschließen kann.

Er meinte: Er schließt aus, dass er der Vater ist, aber die DNA-Untersuchungen wird er sich überlegen. Zur DNA-Untersuchung kann man jemanden nur per Gerichtsverfahren verpflichten.

Dazu kann Ihnen Dr. H. sicher einen Spezialisten vorschlagen. Ich kann nach ihm nicht weiter suchen. Viele wollen keine DNA-Untersuchung, weil sie sich vor Erbschaftsjägern schützen wollen. Ich denke, wir sollten ihm Zeit lassen, um sich das mit der DNA-Untersuchung zu überlegen.

Mit freundlichen Grüßen: B. S."

Unsere sofortige Antwort: "Sehr geehrte Frau B. S.!

Wir hatten nie über einen Jochen geredet – meine Mutter sagte, Herr N. K. wurde hinter seinem Rücken von seinen Soldaten als „Jakob" verspottet.

Die Augenzeugin, die damals 8 Jahre alt war, hat ihn mehrmals beten gesehen.

Er ist Ende November aus Kálló geflüchtet. Da trug er schon das Kreuz.

Er sagte: Er war nicht 4 Wochen lang in Kálló – wir wissen aus zuverlässigen Quellen, dass er 3 Wochen lang dort war.

Dass er die DNA-Untersuchung mit seiner Frau besprechen will, ist ein bisschen interessant.

PS: Die Blutgruppe meiner Frau: „0" RH positiv, wie ist es bei Herrn N. K.?

Wie ich schon gesagt habe, haben wir die Kopie von Herr N. K.s Brief an Herrn E R. geschickt, der damals sein Befehlshaber war.

Die Antwort kam am 31. Januar.

"Sehr geehrte Frau B.

Vielen Dank für ihren am 18. Januar gesendeten Brief. Wobei N. K.s Brief mich auch überrascht hat. Nach den Beweisen, die er mitteilt, kann man denken, alles kann sein. Aber es kann auch unmöglich sein.

Wer kann das überprüfen?

Zuletzt, er dürfte das Eiserne Kreuz erst tragen, wenn der Kriegsdivisions-Oberbefehlshaber es ausgehändigt hat.

Ich habe in der Kriegsdivisionsgeschichte nachgeschaut: Das geschah am 15. Dezember.

Leider konnte ich nur noch 20 Ausgezeichnete benennen. (Ich muss hier vermerken: Ich habe im Internet bei der Namensliste der Ausgezeichneten nachgeschaut. Dort stand: 18. November.)

Vom 3. Oktober bis Ende 1944 habe ich in der Kriegsdivisionsgeschichte über Herrn N. K. nichts gefunden. Ich habe in dieser Zeit auch die Panzerdivision Regiment 1. Klasse geführt, neben dem ganzen Regiment.

Wie ich es Ihnen schon früher gesagt habe, hatte die Panzergruppe Einsatz bis zum 25. Oktober 1944.

Die Panzerkriegsgruppe war in Debrecen-Nagykálló-Nyíregyháza. In der ersten Linie mit F. Hauptmann, der der zweite in der Truppe mit dem Eisernen Kreuz ausgezeichnete Führer war, ein prima Kamerad und Freund. Die Truppen haben gekämpft und hatten kleine Erfolge durch die Puszta, aber sie standen bis Ende November unter andauerndem Rückzug.

Es kam oft vor, dass wir nicht wussten, wer neben uns kämpfte. Hauptmann N. K. war mir nicht aufgefallen.

Mein Freund, Hauptmann F., war sehr aktiv in Nyiregyháza und Nagykálló – es mag sein, dass er es mit Kálló verwechselt.

Ich war ab dem 25. Oktober 1944 mit einem Fall beauftragt, nämlich einer Familie, die von den Russen ausgerottet wurde. Sie war preußischer Abstammung und wurde in dem Gehöft umgebracht.

Danach schloss ich mich wieder meinem Regiment an, im Januar 1945 in Székesfehérvár.

Hier war Herr N. K. Hauptmann wieder nicht neben mir, weil er unseren Nachzug sicherte. Über seinen Spitznamen kann ich nichts sagen. Er war unter den Offizieren nicht in Gebrauch gewesen und was die Soldaten unter sich sagten, kann ich nicht wissen. Ich kann mir jedoch vorstellen, dass sein Lebensstil Anlass war, ihm einen Spitznamen zu geben. Aber das könnten nur seine eigenen Soldaten beantworten, ich nicht, Konnten Sie mit dem etwas weiter kommen, was der Kampfwagenführer von N. K. gesagt hat?

Dadurch, dass Sie mit N. K. nicht zu einem Ergebnis gekommen sind, kann hier nur ein DNA-Test helfen. Es tut mir sehr leid, dass ich doch nicht helfen konnte. Die Identität Ihres Vaters ist weiterhin ungewiss.

Es ist sehr wichtig, dass man sich innerlich beruhigen kann. Dabei hilft Ihnen Ihr Mann und Ihre ganze Familie.

Ich habe Mitgefühl mit Ihnen, aber ich kann nicht helfen.

Bitte grüßen Sie in meinem Namen Ihren Mann, und damit nehme ich von Ihnen Abschied. Ihr: E. R."

Dieser Brief hat uns nicht vorwärts gebracht.

Der damalige Regimentbefehlshaber hat uns alles geschrieben, was er aus dieser Zeit wusste. Was er über den Rückzug geschrieben hat, klingt chaotisch.

Auch seiner Meinung nach wäre ein DNA-Test die einzige Lösung. Wir haben sein Mitgefühl zu uns als sehr ehrenwert empfunden. Er war im II. Weltkrieg ein hoher Befehlshaber gewesen und später auch bei der Bundeswehr – und möchte Marika helfen.

Meine Frau ist in eine tiefe seelische Krise gefallen.

Kein Wunder, wenn jemand erst mit 57 Jahren erfährt, wer der richtige Vater ist. Ihre Mutter hatte es zu lange verheimlicht. Ich denke manchmal, wenn sie so lange still war, hätte sie ihr Geheimnis mit ins Grab nehmen sollen. Aber wegen eines göttlichen Wunders musste es doch bekannt werden.

Es ist ein versteckter göttlicher Wille. Antwort an E. R. am 7. Februar:

„Sehr geehrter Herr E. R.!

Ich danke Ihnen sehr für Ihren Brief. Wie schon gesagt, sind mir Ihre Schreiben eine große Freude. Ich spüre, dass Sie ein außergewöhnlicher Mensch sind und danke unserem Gott sehr dafür. Leider hat mein Vater uns alles zurückgeschickt, die Fotos auch. Ich kann doch trotz allem mit Liebe an ihn denken.

Wir haben einen Bekannten, der Schriftsteller ist. Er hat über Kämpfe im II. Weltkrieg in Ungarn geschrieben und er hat gesagt: „1952 war ich Student in Szeged und wenn jemand mir heute sagen würde, dass ich Ihr Vater bin – ich wäre mindestens so neugierig, dass ich Sie kennenlernen wollte.

Lieber E. R.! Ich habe in meinen Briefen über unser Kálló geschrieben, das neben Hatvan liegt, und nicht über das an der Debrecen-Nyíregyháza Linie liegende Nagykálló.

In unserem Kálló stand ein Kriegshospital oder Erste Hilfe.

Die Verletzten von Hatvan wurden hierher geliefert. Auf dem Kállóer Friedhof sind 40 deutsche Soldaten beerdigt.

Lieber Herr E. R., ich möchte mit meinem Vater nur den Fall klar stellen. Ob er der Richtige ist.

Mein Mann hat schon im Internet mit dem „Genedia AG Laboratorium" Kontakt aufgenommen, in dem DNA-Untersuchungen gemacht werden. Wir haben schon mit dem Dr. H., der führenden Ärztin gesprochen.

Sie meinte: „Als DNA brauchen wir eine Probe von dem Vater oder von einem Kind von ihm oder von einem seiner Geschwister."

Es ist wirklich kein simpler Fall. Wie können wir alles aus Ungarn produzieren?

Was für Rechte habe ich als Kind? Gestern war ich bei der Mutter, und sie sagte weinend: „Als du geboren bist, hast du schon genauso ausgesehen wie dein Vater. Ich war sehr froh darüber, weil er ein sehr fescher Offizier war."

Unsere Familie hat keine alltägliche Geschichte. Der Vater meines Mannes verlor sein Leben im II. Weltkrieg in Russland. Seine Mutter war mit 49 Jahren zu früh gestorben. Mein Schicksal kennen Sie schon lieber Herr R.

Ich vermute, falls mein Vater keine DNA-Untersuchung will, ist das aus familiärem Druck.

Entschuldigung, dass ich zu Ihnen so ehrlich bin. Viele Grüße: Frau B. Marika"

Ich glaube es beweist die menschliche Größe des Herrn R. auch, dass er mir immer postwendend antwortet.

„Sehr geehrte Frau B.!
Ich danke für den von Ihnen am 5. Februar geschriebenen Brief. Ich habe Ihren Wohnsitz nicht verwechselt. Ich habe von dem neben Hatvan liegenden Kálló geschrieben und nicht über Nyíragyháza-Nagykálló.

Ich denke, Ihr Vater will dorthin lenken von Ihrem Dorf. Er will nicht in Kálló gewesen sein, weil er nicht Ihr Vater sein will.

Ihr Mann hat im Internet das spezielle Laboratorium für DNA-Untersuchungen gefunden. Aber ich denke, es gibt keinen freien Weg, weil Ihr Vater sich weigert, eine Probe abzugeben. Wenn die Proben sich gleichen würden, würde es seine Vaterschaft bestätigen.

Zuletzt denke ich, er will diese Sache auch von einer Untersuchung abhängig machen. Aber nur unter Zwang.

In letzter Zeit spricht man in Deutschland über eine neue Erfahrung, die sogenannte „Geschlossene DNA-Untersuchung". Dazu braucht man Sie und ein Kind von dem vorausgesetzten Vater. Aber es ist nur in Ausnamefällen möglich.

Sie haben ein Labor in Deutschland gefunden; gibt es so etwas in Ungarn nicht?

Damals waren die ungarischen ärztlichen Verfahren genauso modern wie bei den Deutschen. Ich denke, es wäre für Sie das Beste, ein Labor in Budapest oder in Szeged zu finden. Es wäre nicht so teuer wie in Deutschland.

Soweit wie ich weiß, hat Ihr Vater nur einen Sohn. Ich kenne Sie nicht, ich habe es nur so gehört.

Das ist alles, was ich Ihnen vorschlagen kann.

Ich wünsche Ihnen und Ihrem Mann eine erfolgreiche Zukunft und viel Erfolg!

Ich wünsche zu allem viel Glück und gute Gesundheit. Mit besten Wünschen grüße ich Sie, E. R."

Es ist wirklich eine überlegenswerte Idee, in Ungarn nachzuforschen, wie und unter welchen Fällen man DNA-Untersuchungen macht, um eine Vaterschaft zu beweisen. Man muss für die Lösung auch an diesem Weg fortfahren.

Obwohl Frau B. S., die Journalistin, schon am Anfang gesagt hatte, dass man meinen Vater nur per Gericht zur Untersuchung zwingen kann, braucht man einen Spezialanwalt. So einen könnte Dr. H. H. vorschlagen.

Wir haben einen Fehler gemacht. Wir haben den Anwalt von Frau B. S. angenommen – später hat sich herausgestellt, dass Frau B. S. sich mit Herrn N. K. geeinigt hat, um das Verfahren zu verlangsamen.

Das haben wir so herausgefunden, dass Frau B. S. in einer E-Mail eindeutig Herrn K. angeschrieben hat. Die Dame hat Herrn N. K. über alles aufgeklärt.

Der später eingeschaltete Anwalt, Herr Dr. H., hat das Verfahren sehr gebremst.

Hier konnte man es noch nicht genau wissen, aber alles der Reihe nach. Die Journalistin B. S. hat uns den Namen des Anwaltes gegeben.

Also der Brief an den Herrn Anwalt:

„Sehr geehrter Herr Anwalt H.!
Wir haben Ihre Adresse von der Journalistin Frau B. S. bekommen. Sie hat uns so informiert, dass sie unsere Geschichte an Sie weitergegeben hat. Meine Frau möchte die Angelegenheit mit der Vaterschaft mit Ihrer Hilfe auf rechtlichem Weg ins Ziel bringen. Ich hoffe Sie verstehen, was ich möchte, ich spreche nicht so gut Deutsch.

Wir möchten Sie beauftragen mit unserem Fall.

Seien Sie so gut, beraten Sie uns, wie sollen wir fortfahren? Wir warten auf Ihre Antwort.

Mit freundlichen Grüßen: B. J., und Frau B. Marika"

Die Antwort kam ein paar Tage danach.

„Sehr geehrter Herr B.!
Ich danke für Ihren Brief vom 27. Februar. Ich habe alles verstanden, was Sie möchten. Ich sende Ihnen ein Formular, das Ihre Frau unterschreiben muss.
Danach kann ich mit der Arbeit anfangen.
Sie müssen ganz präzise beschreiben, warum Ihre Frau denkt, dass Herr N. K. ihr Vater ist. Sie können es mir auch per E-Mail mitteilen. Mit freundlichen Grüßen: H. H."

Noch am selben Tag, am 1. März haben wir geschrieben.

„Sehr geehrter Herr Anwalt H.!
Danke für ihre schnelle Antwort. Der Fall begann im Jahre 2003, als meine Schwiegermutter Folgendes sagte: „Dein Vater ist ein deutscher Offizier, der im II. Weltkrieg in unserem Dorf Kálló in dem in der Straße B. stehenden Einfamilienhaus bei uns einquartiert war."
Meine Schwiegermutter hat damals auf das Heilige Kreuz geschworen, dass sie die Wahrheit gesagt hat. Sie war damals so krank, dass sie vermutete, sie würde bald sterben. Sie sagte, sie könne diese Last nicht länger mit sich tragen.
Im Herbst 1944 haben die deutschen Truppen die Stadt Hatvan verteidigt. Die Verteidigertruppen waren die 23. Panzerdivision, die 46. Kriegstruppe und die 4. „SS"-Panzergranaten-Kampfdivision.
In der 23. Division war das 23. Panzerregiment und darin war eine Panzerdivision, die der Hauptmann Herr N. K. geführt hat. Diese Daten haben wir auf der Stelle nachgeforscht.
Die Gemeinde Kálló liegt nur 15 km von der Stadt Hatvan entfernt. Der Offizier war in unserem Haus untergebracht. Er hat in dem ersten Zimmer gewohnt. Er war meistens am Nachmittag weg. Er hat eine Liebesbeziehung mit meiner Mutter geführt. Sie haben oft miteinander geschlafen (hier muss ich sagen, dass meine Mutter 16 Jahre verheiratet war, ohne Kindersegen!).
Sie konnte ein wenig Deutsch, weil sie mit ihrem Mann ein Jahr lang in Deutschland gearbeitet hatte.

Ich trage den Namen von Herrn D. L., von meinem Ziehvater.

Im Haus neben uns wohnten 8-10 Soldaten. Diese Männer sagten meiner Mutter, dass der Offizier aus Berlin ist und seine Familie eine Kleiderfabrik hat. Sein Name war „Jakob", aber es hat sich später herausgestellt, dass es nicht sein richtiger Name war. Entweder hat meine Mutter es nicht richtig gewusst oder die Soldaten nannten ihn so nur unter sich.

In der gleichen Zeit wohnte dort auch der Bruder der Mutter mit ihrer Tochter.

Sie waren Augenzeuge der Liebesgeschichte.

Leider lebt nur noch meine Kusine als Augenzeugin. Sie hat sich auch zu dem Fall geäußert.

Ende November 1944 sind die Deutschen mit dem Offizier zusammen ausgezogen und in Richtung Vác geflüchtet. Die Russen haben Hatvan besetzt. Nachdem die Deutschen weg waren, merkte meine Mutter, dass sie schwanger war. Ich bin am 30. Juli 1945 geboren.

Als wir anfingen, meinen Vater zu suchen, waren die Chancen so groß wie eine Stecknadel im Heuhaufen zu finden. Zum Schluss haben wir bei der Suche 5-6 Männer gefunden, die in Betracht kommen könnten und die in der Zeit in Kálló waren. Ich konnte von ihnen auch Fotos besorgen.

Die Bilder haben wir an meine Kusine geschickt, die Augenzeugin war. Sie rief mich bald an und sagte weinend: „Marika, du brauchst deinen Vater nicht weiter suchen, er ist dabei. Der Offizier, der so ein Grübchen auf dem Gesicht hat, so wie du, wenn du lachst." Er heißt N. K.

Meine Mutter hat sofort auch die gleiche Person ausgewählt und sie sagte: „Meine Tochter, du kannst aufhören mit der Suche. Er ist dein Vater."

Danach hatten wir Herrn N. K. einen Brief geschrieben. Mein Mann hat mehrmals mit ihm geredet. Er hat nie behauptet, dass er nicht mein Vater ist und er hat auch nicht gesagt, dass er nie in Kálló gewesen war. Er sagte nur so viel: „Nach 60 Jahren möchte ich meine

Ruhe haben. Ich möchte mich mit Ihnen nicht treffen." Wir möchten uns mit ihm nur treffen, damit der Fall aufgeklärt wird.

So war die Sache mit B. S. auch ohne Erfolg weiter gegangen. Wir sind mit Herrn E. R. in Kontakt getreten, der in der damaligen Zeit der Befehlshaber von N. K. gewesen war. Er kann nichts sicher sagen, aber er vermutet die Möglichkeit.

Wir wollen natürlich Herrn E. R. nicht hineinbeziehen.

Sie waren Kameraden und wir wollen keinen Keil zwischen sie schieben.

Wir haben so viel gehört, dass Herr N. K. einen Sohn gehabt hat, der Selbstmord beging, und 2 Jahre danach auch seine Frau. Das ist eine große Katastrophe und das ist alles, was wir sagen können. Herr Anwalt R.! Ich hoffe, Sie haben alles verstanden; wenn Sie noch Fragen haben, werde ich sofort antworten. Ich bin kein perfekter Internetnutzer, aber ich versuche, Ihnen von mir und von Herrn N. K. Bilder zu senden.

Mit freundlichen Grüßen: Frau B. Marika und B. J."

Die folgende Frage kam von Herrn Anwalt H.

„Liebe Frau B!

Wenn ich wohl verstanden habe, hat Ihre Mutter mit D. L. in Ehe gelebt. War sie von ihm schwanger?

Mit Gruß: H".

Sofortige Antwort:

„Sehr geehrter Herr Anwalt H.!

Meine Mutter hat 16 Jahre lang mit D. L. in Ehe gelebt, aber sie hatten keine Kinder gehabt. Er war im Krieg und Oktober 1945 ist er aus der Gefangenschaft nach Hause gekommen. Er war sehr krank und ist nach 7 Monaten verstorben.

Mit vielen Grüßen: Frau B."

Die Antwort kam 2 Tage später, am 3. März.

„Sehr geehrte Frau B.!
Wenn Ihre Frau Mutter mit D. L. in Ehe gelebt hat, als Sie geboren sind, sind Sie offiziell das Kind von D. L. Nach deutschem Recht ist das so, auch wenn die Ehe mit D. L. 16 Jahre lang kinderlos und er bewiesenermaßen im Krieg war.
Nach deutschem Recht ist das Kind, das in einer Ehe geboren ist, immer das Kind der Eheleute. So lange dies so ist, können Sie N. K. nicht in Vaterschaftsfragen anklagen.
Deshalb brauchen Sie einen Beschluss, dass Sie nicht das Kind von D. L. sind. Das können Sie in Ungarn mit einer Anklage erreichen. Ich weiß, dass der Fall sehr kompliziert ist, aber wenn Sie Fragen haben, fragen Sie.
Mit freundlichen Grüßen, Anwalt H."

Darüber, dass D. L. von Januar 1944 bis Oktober 1945 in englischer Gefangenschaft war, kann ich aus der militärischen Dokumentation Dokumente bekommen. Es ist offiziell und kann als Beweismaterial dienen.
Wie naiv ist der Mensch. Ein Fall wie dieser, der so durcheinander und chaotisch ist – wovon würde der sich vereinfachen? Es wird immer komplizierter.
Wir haben eine E-Mail an den Leiter des Archivs formuliert. Das war auch doof, weil wir Wochen später erfahren haben, dass das nur per Post geht.
Wozu geben sie eine E-Mail-Adresse an, wenn sie nicht antworten?

„Sehr geehrter Herr Oberstleutnant B.!
Ich möchte gerne über meinen Vater, D. L., Daten erhalten (hier liste ich Geburtsort, Geburtsdatum, Name der Mutter, Adresse auf).

Danach schrieb ich auf, was ich wusste: er war im Frontdienst, danach in englischer Kriegsgefangenschaft, im Oktober 1945 kehrte er nach Hause zurück, einige Monate später ist er gestorben.
Dankend für Ihre Hilfe grüße ich Sie, Frau B."

Wir hatten den Anwalt H. auch über die Entwicklungen benachrichtigt:

„Sehr geehrter Herr Anwalt H.!
Wir haben die Formulare für die Beaftragung bekommen. Inzwischen haben wir von dem Militärischen Archiv die Bestätigung verlangt, dass in der gefragten Zeit Herr D. L. Soldat war. Auf unser telefonisches Drängen sagte man, dass es 6-8 Wochen dauern würde. Das heißt, wir müssen warten.
Mit freundlichen Grüßen: Frau B-né Marika"

Die Antwort kam einige Minuten später.

„Danke für die Nachricht. Bitte lassen Sie die Bestätigung übersetzen. Ich erinnere Sie daran, dass auch das Gericht bestätigen muss, dass D. L. nicht Ihr Vater war.
Mit freundlichen Grüßen: Anwalt H."

Auf meine Frau hat sich der Gedanke, dass der Name ihres Ziehvaters auf gerichtlichem Weg vernichtet werden soll, schlecht ausgewirkt. Sie hat es eigentlich 60 Jahre lang getragen.
Man muss sich überlegen, den Namen eines Mannes wegzuwerfen, der wusste, dass Marika nicht seine Tochter sein kann und sie trotzdem bedingungslos angenommen hat!
Den Namen wegzuwerfen für die Ungewissheit, für so einen, der bisher noch keine Interesse gezeigt hat, sogar verweigerte, die Vaterschaft zu klären und den man vielleicht nie überreden kann, einen DNA-Test zu machen.

Aber wir dürfen auch nicht vergessen, dass wir von einem 85jäh-rigen Mann sprechen. Es kann auch sein, dass er wegen seines Alters keine Verpflichtungen mehr haben will.

Ein 85jähriger kann jederzeit sterben, aber für die Jugend gibt es auch keine Garantie. Deshalb haben meine Frau und ich uns überlegt, dass alle Wege besser sind als der offizielle Weg. Kann sein, dass der offizielle Weg noch größeren Widerstand bei dem alten Herrn aus-lösen würde.

Ich habe im Internet nach dem Namen „K", gesucht in der Hoff-nung, auf Verwandte zu stoßen. Wer kann helfen, eine DNA-Probe abzugeben.

Bei der Suche fand ich eine Schriftstellerin, von der wir dachten, sie sei eine Verwandte von Herrn N. K. Diese Schriftstellerin hat ein Buch über H. K. geschrieben – so wurde sie in Deutschland berühmt.

Also wandte ich mich an die Journalistin, Frau B. S., und bat sie, über die Schriftstellerinnung mit der gefragten Schriftstellerin Kon-takt aufzunehmen.

„Sehr geehrte Frau B. S.!
Entschuldigen Sie bitte, dass ich Sie störe, ich stehe schon in Kon-takt mit Herrn Anwalt H.

Davon unabhängig möchte ich Sie um etwas bitten:

Wir sind bei unseren Forschungen auf die Schriftstellerin D. K. gestoßen und wir vermuten, dass sie eine Verwandte von Herrn N. K. ist.

Wenn es so wäre, könnte sie uns theoretisch bei einem DNA-Test weiterhelfen.

So könnten wir die verwandtschaftliche Zugehörigkeit beweisen. Ich bitte Sie, versuchen Sie, mit ihr zu reden!

Gruß Frau B. Marika"

Der Brief ging am 20. März weg und die Antwort kam am 4. Ápril:

„Sehr geehrter Herr K.!
(Es ist kein Irrtum! Sie schrieb exakt an Herrn N. K. also sind sie miteinander doch in Verbindung).
Es tut mir leid, dass ich mich so lange nicht gemeldet habe. Ich hatte sehr viel zu tun. Frau D. K. lebt in Berlin. Bisher konnte ich sie nicht erreichen und ich weiß nicht, ob die Dame mit Herrn N. K. verwandt ist.
Ich werde es nochmal probieren, sie zu erreichen.
Mit freundlichen Grüßen: B. S."

Den Brief konnte man nicht falsch verstehen – so haben wir uns entschieden, unseren Fall auf einem anderen Weg fortzuführen.

Früher hatten wir uns bei einer sogenannten „Vatersuchergruppe" angemeldet. Aber wir dachten, dass die freiberufliche Frau B. S. eine Spezialistin ist und besser helfen kann. Es hat sich herausgestellt, dass sie im Zusammenhang mit N. K. unsere Sache nur gestoppt hat. Ebenso der von ihr empfohlene Anwalt H. H.

Unser Brief an die „Vatersuchergruppe":

„Sehr geehrter Herr S.!
Letztendlich melde mich bei Ihnen, der andere Versuch ist fehlgeschlagen. Ich bitte Sie, sagen Sie uns noch, was für Informationen noch nötig sind, um den Fall zu klären.

Vorher habe ich von der „Genedia" Hilfe bekommen mit der Hoffnung, dass Herr N. K. DNA-Testmaterial hergibt, aber er hat es nicht gewollt.

Seine Zurückhaltung ist nicht zu erklären; wenn er nicht der Vater ist, dann wäre die Sache ein für allemal vom Tisch gefegt. Wenn aber doch – ich will ihn nur persönlich kennenlernen, einmal treffen und nichts mehr!

Inzwischen hat ein Anwalt gemeint, dass der Fall nicht einfach ist, und es sehr lange dauern kann.

Ich denke, Sie haben mehr Praxis auf diesem Gebiet, bitte helfen Sie mir.

Mit freundlichen Grüßen, Frau B. Marika und B. J."

Einige Stunden später kam schon die Antwort:

"Sehr geehrte Frau B. Marika! Sehr geehrter Herr B. J.!

Ich habe ihre E-Mail erhalten. Ich helfe sehr gern. Wenn Sie um meine Hilfe bitten, müssen Sie mir einen Auftrag senden.

Wir müssen auch die Bezahlung für meine Arbeit festlegen.

Mein Vorschlag: Ich trete mit ihrem Vater in Kontakt, danach besuche ich ihn. Ich werde mit Ihnen ein Treffen arrangieren.

Wenn es nötig ist, werde ich in Ungarn einen Kollegen bitten, zu dolmetschen.

Mit freundlichen Grüßen S., Beauftragter der „Vatersucher-gruppe"

Zwischendurch hatten wir in Ungarn auch jemanden gebeten, Spuren zu suchen von der Zeit im Herbst 1944.

Dann am 17. April kam die E-Mail von Herrn S.:

„Sehr geehrte Frau B.!

Ich habe von Ihnen noch keinenAuftrag bekommen. Hat Herr N. K. bestritten, dass er Ihr Vater ist? Hat er geleugnet, dass er mit Ihrer Mutter in der gefragten Zeit zusammengewohnt hat? Gestern gab es im Fernsehen eine Adresse, wo man uns nachweislich helfen kann, ob im Oktober und Ende November 1944 N. K. in Ihrem Dorf, in Kálló stationiert war.

Geben Sie Ihre Unterschrift, damit ich mit der Arbeit anfangen kann.

Freundliche Grüße S-Beauftragter"

Antwort:

„Sehr geehrter Herr S.!
Sie haben uns mit der Nachricht einen schönen Tag bereitet. Sie haben mir echte Freude gemacht!
Ich schicke Ihnen den Brief von Herrn N. K., in dem er eine Kopie aus seinem Dienstbuch geschickt hat. In diesem Brief schreibt er, sein Name sei nicht Jochen sondern Norbert.
Ich habe niemals „Jochen" geschrieben. Die Soldaten haben ihn hinter seinem Rücken „Jakob" genannt. Der damalige Oberbefehlshaber von N. K., Herr E. R., hat behauptet, dass er 3 Wochen lang ganz sicher in Kalló war.
Morgen sende ich den Auftrag mit Unterschrift per Post. Mit freundlichen Grüßen, Frau B. Marika."

Am 17. April erhielten wir eine Einladung von einem Kriegsforscher-Freund von uns. Wir sollen am 8. Mai in Zámoly (neben Székesfehérvár) an der eröffnenden Ausstellung teilnehmen.
Man muss wissen, dass die deutschen Panzertruppen hier 3 Monate lang gegen die Russen die Front gehalten haben. Der größte Teilnehmer war die 23. Panzerdivision. Viele Soldaten haben eine Einladung erhalten. Wir haben gemeint, vielleicht könnten wir mit jemandem reden. Wir haben die Einladung angenommen. Im Nachhinein haben wir es bereut, denn gleichzeitig gab es in Budaörs auch eine Feier, und zahlreiche deutsche Veteranen waren dorthin mit dem Bus angereist.
In Zámoly war niemand von den eingeladenen Soldaten.

Eine E-Mail von Herrn B. S. vom 21. Április:

„Sehr geehrte Frau B!
Ich habe Ihren Brief mit den Kopien erhalten, den zwei Blättern aus dem Dienstbuch von Herrn N. K., die er Ihnen am 12. Januar geschickt hatte.
Ich habe auch Ihren Auftrag bekommen. Ich werde nach Berlin fahren und die Militärischen Verzeichnisse über N. K.s Dienstzeiten in Ungarn prüfen.

Mit freundlichen Grüßen
S. Beauftragter der „Vatersuchergruppe"

Es kam ein Brief vom Ungarischen Militärischen Heerwesen aus dem Ministeriumsarchiv mit einer Kopie, die dem Original gleicht.

„Meine sehr geehrte Dame!
Ich gebe Ihnen Bescheid nach der letzten gültigen Geburtsurkunde von D. L. (Geburtsort, Geburtsdatum, Name der Mutter), 53/III Bataillon reserve. Grenzsoldat, am 01.02.1944 in das Kriegsgebiet gezogen gegen die Russen.
Am 08.04.1944 bekam er das „Feuerkreuz erste Stufe". Weitere Verzeichnisse sind nicht vorhanden, so können wir über die Gefangenschaftszeit keine Bestätigung geben.
Hochachtungsvoll M. R. Oberleutnant Archivleiter"

Wir wussten vom Hören, dass er in englischer Gefangenschaft war. Um dies zu beweisen, wandten wir uns an die Englische Botschaft. Aber sie haben uns leicht abgewimmelt.
Trotzdem bekamen wir auf anderem Wege eine Bestätigung. Kálló und Erdőtarcsa hatten ein Gemeindenotariat gehabt und hier war im Archiv alles dokumentiert über die Kriegsteilnehmer. So haben wir eine Kopie erhalten.
Es verhält sich folgendermaßen:

„PROTOKOLL"
Es wurde in Kálló notiert am 20. Juli 1946 im Notariat, für Frau D. L., Witwe, geboren, als Maria N., Kállóer Bewohnerin, wegen Kriegsverpflegung.
Die Unterzeichnenden sind anwesend.
Die Obengenannte ist hier erschienen und sie trägt Folgendes vor:
„Mein Mann, D. L. (Geburtsort, Datum usw.) Kállóer Bewohner. Am 12. Januar 1944 in Salgótarján mit seiner Gruppe in das 23/3 Regiment eingezogen.

Am 13. Februar ging er an die Front; wegen der harten Kälte hat er sich dort erkältet, er wurde schwer krank, und man hat ihn ins Hospital geschickt. 1945 kam er als Kranker nach Hause. Er war nicht arbeitsfähig.

An der Front wurde er so krank, dass er nicht geheilt werden konnte und ist am 18. Máj 1946 in Kálló verstorben.

Hiermit möchte ich mit voller Ehre für mich und für meine Tochter Kriegsverpflegung beantragen. Ich lebe unter sehr schlechten Verhältnissen mit meinem Kind. Ich habe kein Hab und Gut und keinen Verdiener."

Andere Sachen möchte sie nicht vortragen. Nach der Notizvorlesung ließ man es unterschreiben.

Notar und Protokollführer, Antragsteller der Gemeinde Kálló

Wir, die Unterzeichnenden, bestätigen, dass D. L. Kállóer Bewohner war und in der oben genannten Zeit Frontdienst geleistet hat.

Kálló, den 25. Januar 1947 Gemeinde Prozessführer Notar

Dieses Protokoll beweist, dass D. L. Anfang 1944 bis Oktober 1945 nicht in Kálló gewesen war. Er hat im Krieg gekämpft. So kann die am 30. Juli 1945 geborene Maria gar nicht seine Tochter sein. Es ist auch sicher, dass in der Empfängniszeit, also im Oktober 1944 im Kreis Hatvan deutsche Truppen dort stationiert waren. Bei meiner Schwiegermutter war ein Offizier im ersten Zimmer einquartiert. In dem anderen Haus waren 8-10 Soldaten untergebracht; dort gab es eine Lagerküche.

Es wäre unmöglich, dass jemand sich 57 Jahre danach so eine Geschichte nur ausgedacht hätte, wenn es nicht wahr ist. Es ist auch unmöglich, dass ein möglicher Vaterkandidat sich sperrt, die Sache mündlich zu klären. Er will alles abweisen, auch ein Treffen. Es ist aber nicht zweifelhaft, dass jedes Kind das Recht hat zu wissen, wer sein Vater ist.

Es ist mir noch etwas eingefallen, eine interessante Einzelheit, die meine Schwiegermutter meiner Frau erzählt hat:

„Weißt du, meine Tochter, dein Vater, der deutsche Offizier, hat, bevor er nach Vác flüchtete, viele Blätter geschrieben und er sagte, die muss man an die Tore nageln, dass die nachkommenden deutschen Soldaten es lesen können."

Wenn doch wenigstens ein solches Blatt auftauchen würde!

Aber ich denke, nach 60 Jahren ist das unmöglich. Wenn die Schwiegermutter noch so eins haben sollte, hätte sie es sicher schon hergegeben. Obwohl, bei ihr kann man nie etwas wissen Sie hatte Angst davor gehabt, dass Marika ihren Vater suchen und er sie nach Deutschland mitnehmen würde. Sie hat sich vor dieser Möglichkeit immer gefürchtet.

Am 22. April bekamen wir eine E-Mail von dem Beauftragten Herrn S.

„Sehr geehrte Frau B!

Ich habe Ihren Brief mit den Kopien über N. K.s Sendung bekommen. Dem Brief entnehme ich, dass Sie einen „Jochen" suchen, er aber N. heißt. Woher ist der Name „Jochen"? Sie haben mir darüber noch nichts Sicheres geschrieben.

Wann hat N. K. Ihrer Meinung nach das Eiserne Kreuz bekommen? Ich muss es ganz genau wissen. Bei ausländischen Namen gibt es oft Schreibfehler, hauptsächlich ob man Frau oder Mann ist.

Ich habe es so verstanden, dass Ihr Name Marika ist oder ist das der Name Ihrer Mutter? Und ihr Mann heißt József.

Ich denke mir auch, dass Józsefiné Ihr familiärer Vorname ist. Mit freundlichen Grüßen B. S."

Die Antwort von uns auf diesen Brief habe ich nicht mehr gefunden, aber es konnte nur so sein, weil ich auch heute nichts Anderes schreiben kann:

„Sehr geehrter Herr B.

Wir haben keine Ahnung, woher Herr N. K. den Namen „Jochen"
nimmt. Diesen Namen haben wir weder geschrieben noch gehört.
Meine Mutter hat gesagt, dass die Soldaten ihn unter sich „Jakob"
nannten.

Erst dachten wir auch, es könnte sein Name sein, aber im Nachhinein sind wir darauf gekommen, dass es ein Spitzname sein könnte.

N. K.hat das Eiserne Kreuz unseres Wissens Mitte November 1944
bekommen.

Was Sie über unseren Namen schreiben, ist alles richtig."

Interessanterweise haben wir in der gleichen Zeit, genau am
15. April, einen Brief von Herrn Kü., von dem „WAST" bekommen.
Vor einem Jahr hat er uns auch geantwortet. Unser Brief wurde am
15. Dezember 2004 verschickt.

Es geht um den Beweis für die Vaterschaftsfrage.

„Sehr geehrte Frau B.

Die Person, die Sie genannt haben, und die dem Heer angehörte,
ist in unserem Archiv in der Zeit des II. Weltkriegs zu finden. Die
Wahrheit ist, dass wir über lebende Personen keine Daten veröffent-
lichen dürfen.

Dadurch, dass die gefragte Person noch lebt, darf ich nur so viel
mitteilen, dass Herr N. K. als Oberleutnant im 23. Regiment ab dem
5. Dezember 1944 vorkommt.

Nach unserem Protokoll gibt es keine Daten, dass es für Sie interessant wäre, mit der genannten Person Kontakt aufzunehmen. Ich
kann auch nicht schreiben, ob einige Daten fehlen.

Aber wegen der Wahrheit kann ich Folgendes schreiben: Das
deutsche Recht kennt zwei Möglichkeiten.

Die genannte Person erkennt die Vaterschaft an. Das ist dann
möglich, wenn das Kind außerhalb der Ehe geboren ist. Also entweder wird das Kind anerkannt oder es wird per Gericht bewiesen.

Die Möglichkeiten kann man in Deutschland bei allen Standesämtern oder beim Kinderschutzbund oder durch Rechtsanwalt bekommen.

Wenn der vermutliche Vater die Anerkennung leugnet, kann man ihn per Anklage verpflichten.

In jedem Fall steht das Interesse der Mutter und des Kindes im Vordergrund. Bei im Ausland lebenden Personen ist der Familienschutzdienst am Wohnsitz des Vaters zuständig.

Bei Ihnen wäre es vielleicht besser, wenn Sie sich in Ungarn an die deutsche Botschaft wenden würden. Vor allem müssen Sie wissen, was das ungarische Recht sagt."

Dieser Brief gibt genaue Möglichkeiten in diesem Fall. Am 12. Mai bekam ich einen Brief von Herrn E. R.

„Sehr geehrte Frau B!

Ihr Brief wurde am 16. Februar 2005 datiert. Ich bin mit ganzem Herzen dabei, dass Sie sich für den Vaterschaftstest entschieden haben, also einen DNA-Test von Herrn N. K. verlangen. Sie haben Recht, menschlich wie gerichtlich, dass es Ihr Ziel ist, Ihren Vater kennenzulernen.

Ich muss mich von Ihnen verabschieden, weil ich in der letzten Zeit sehr oft zu ärtzlichen Untersuchungen gehen muss. Meine Krankheit hat sich verschlechtert.

So muss ich auch mit meinen Freunden den Kontakt unterbrechen. Ich danke Ihnen für Ihr Verständnis.

Nehmen Sie meine besten Wünsche, ich grüße Sie mit Ihrer ganzen Familie.

E. R."

„Sehr geehrter Herr E. R.!

Ich war schon bange, weil Sie so lange nichts geschrieben hatten. Ich dachte, dass Sie vielleicht krank sind. Leider habe ich wohl richtig gedacht.

Ich wünsche Ihnen eine schnelle Genesung. Obwohl ich Sie persönlich nie getroffen habe, mag ich Sie sehr, und ich halte Sie für einen aufrichtigen Mann.

In Bezug auf meinen Vater kann ich dasselbe leider nicht behaupten. Er will keine DNA-Probe abgeben. Das hat ihm seine Frau geraten.

Auf unsere Bitte sagte er, er bespricht es mit seiner Frau, und danach hat er sich geweigert. Er gibt kein Material für die Untersuchung.

Seitdem sind 9 Monate vergangen. Die Zeit vergeht ohne Ziel und Ergebnis.

Obwohl, ich möchte ihn so sehr einmal sehen.

Ich habe schon vom Kálloer Rathaus ein Protokoll als Beweismaterial bekommen, dass der Mann, dessen Name ich trage, nicht mein leiblicher Vater sein kann, denn er war in der gefragten Zeit an der Front, vom 12. Januar 1944 bis zum 27. Oktober 1945 und in Gefangenschaft.

Ich bin am 30. Juli 1945 geboren, also kann er nicht mein Vater sein.

Jetzt ist es langsam schon über ein Jahr her, dass meine Mutter und meine Kusine Herrn N. K. auf einem Foto erkannt haben, der in der damaligen Zeit mit meiner Mutter eine Liebesbeziehung geführt hat.

Mein Herz sagt auch, dass er mein leiblicher Vater ist.

Die Ärztin, die mich behandelt, versteht auch nicht, warum er uns nicht wenigstens eine einzige Möglichkeit gibt, um uns kennenzulernen.

Ich verlange immer von meinem Gott, dass er mir helfen soll, den Fall zu lösen.

Ich kann nur daran denken, dass er die Untersuchung fürchtet, weil die Wahrheit rauskäme.

Wenn er nicht mein Vater ist, warum will er keinen Test? Der Test würde alles klären.

Ich verstehe Sie, dass Sie Ihren Briefpartnerschaftskreis einengen wollen wegen Ihrer Krankheit. Ich bitte Sie jedoch, dass ich manchmal wenigstens ein paar Zeilen schreiben darf. Wenn Sie manchmal auch nur 1-2 Zeilen schreiben würden, würden Sie mir eine riesige Freude machen.

Ich bin eine gläubige Katholikin, so bete ich immer zu Gott für Ihre Gesundheit, lieber Herr E. R.

Am 8. Mai waren wir in Zámoly bei der Ausstellung über den II. Weltkrieg, und dort haben wir gehört, dass Sie im Krieg auch bei den dortigen Kämpfen verletzt wurden.

Lieber Herr R.!

Ich bin wegen meiner bisherigen Kenntnisse ganz sicher, dass Herr N. K. mein Vater ist, und ich will es durch ein Gerichtsverfahren beweisen.

Ich will es klar wissen ob, er mein Vater ist oder nicht.

Ich grüße Sie aus meinem ganzen Herzen, mit der Hilfe Gottes! Frau B. Marika."

Es wäre sehr traurig, wenn ich von diesem lieben Menschen in der Zukunft nur noch selten Briefe bekommen würde. Wenn er gar nicht mehr schreiben kann, denke ich, werde ich ihm weiterhin über meine Ereignisse berichten.

Ich habe den Brief am 12. Mai zur Post gegeben. In Bezug auf Herrn N. K. dachte Marika, ein neuer Brief würde neue Hoffnungen bringen. Obwohl wir von ihm keine Antwort erhalten haben, haben wir weiter ihm Briefe geschickt. Es kann natürlich auch sein, dass die Briefe ihn in seinem Widerstand bestärken.

Er hat ein hartes Herz, so kann er immer stärker protestieren. Aber wenn Marika mich gebeten hat, habe ich immer ihre Brife weiter geleitet.

„Mein sehr geehrter lieber Vater!

Ich möchte mit Ihnen ein paar Sachen klären. Es fehlt noch die Anerkennung, dass ich Ihre Tochter bin. Ich finde, dass ich Ihnen sehr ähnlich bin, mein Gesicht, meine Nase, das Grübchen im rechten Gesichtsfeld, die zeigen es alle.

Alles ist 100 % so wie bei Ihnen.

Meine Mutter und die anderen Augenzeugen können es auch bestätigen. Ich habe die Bestätigung vom kálloer Rathaus, dass D. L., dessen Name ich trage, nicht mein Vater sein kann. Vom 12. Januar 1944 bis Oktober 1945 war er an der Ostfront und in Gefangenschaft.

Nachdem Sie von Kálló geflohen sind, hat meine Mutter gemerkt, dass sie von Ihnen schwanger war. Damals hat sie darüber mit keinem geredet.

Als D. L. aus der Gefangenschaft nach Hause gekehrt ist, haben ihn die alten Dorffrauen sofort damit geärgert, dass er eine Bastard-Tochter hat.

Sie haben mich immer nur als deutsches Mädchen verspottet, und mein Leben bitter gemacht.

In Maj 1946 ist D. L. gestorben.

Er kam sehr krank aus der Gefangenschaft an. Er hat mich sehr geliebt, trotz dieser Tatsache.

Ich verstehe nicht, wie können Sie, mein Vater, es ertragen, dass Sie kein Interesse an Ihrer eigenen Tochter haben. Ich denke, jeder Mensch hat Recht, seine Eltern kennenzulernen, ich auch.

Deshalb möchte ich mit Ihnen einen DNA-Test machen lassen. Sie nicht? Warum denn? Wir müssen genau wissen, was die Wahrheit ist. Ich verstehe nicht, warum Sie sich sperren?

So bin ich gezwungen, gegen Sie ein Gerichtsverfahren einzuleiten.

Ich habe von Ihnen nur ein Treffen verlangt, um die Lage zu klären. Ich denke, das ist keine zu große Bitte.

Ich trage um meinen Hals eine Medaille mit Ihrem Foto. Meine Enkel wollen es oft anschauen und sie sagen der Uropi.

Lieber Vater!

Sie sollten überlegen, Sie sind 85 Jahre alt und ich 60. Was die Zukunft bringt, weiß niemand. Ich hoffe, dass Sie einmal doch ein Treffen erlauben werden.
Mit herzlichen Grüßen, Ihre Tochter Marika"

Dieses Mal kam auch keine Antwort. Aber von Herrn S., dem Beauftragten der „Vatersuchergruppe" schon. Er hat offiziel an die „WAST" geschrieben und uns die Kopie geschickt.

An die Deutsche Dienststelle Wehrmachtsauskunftstelle Eichborndamm 167
13403

„Sehr geehrte Herren,
Auftrag im Namen Frau B. Adresse:
Geboren 30. Juli 1945

In dem Haus ihrer Mutter war von Oktober bis November 1944 in Kálló, das neben Hatvan liegt, 35 km nordost von Budapest, ein deutscher Offizier einquartiert.
In Zusammenhang damit bitte ich Sie um Daten aus Ihrem Archiv. Der Offizier war ein Oberleutnant Herr N. K.
Adresse:
Nach Angaben meiner Auftraggeberin ist er nach dem in Hatvan beendeten Dienst Ende November 1944 vor der Roten Armee Richtung Vác geflüchtet. Herr N. K. ist wahrscheinlich der Offizier, den wir als vermutlichen Vater suchen.
Meine Auftraggeberin hat mir eine Seite aus Herrn N. K.s Dienstbuch gegeben. Ich bitte um Ihre Hilfe, ihn zu finden. In dem Fall, dass Herr N. K. nachweislich nicht dort gewesen ist, ergibt sich die Frage, wer der Offizier sein könnte, der in Kálló einquartiert war. Bitte klären Sie mich auf, wie ich auf meine Frage Antworten bekommen kann.
Vielleicht können Sie mir auch eine Erklärung geben.
Mit freundlichen Grüßen: S."

Scheinbar spinnen sich die Fäden von sich aus weiter. Wir hatten nicht gedacht, dass die Journalistin noch an uns schreiben würde. E-Mail von ihr:

„Ich bitte um Entschuldigung, dass ich mich so lange nicht gemeldet habe. Ich hatte ernsthafte Probleme mit meinem Rechner; ich konnte schwer einen Fachmann finden, um die verloren gegangenen Daten wieder herzustellen.

Zuletzt konnte ich die Schriftstellerin Frau D. K. auffinden, aber ich habe nur ihren Anrufbeantworter erreicht. Ich wollte nicht darauf sprechen, denn die Dame ist sehr energisch und unfreundlich. Sie sagte, dass Herr N. K. ihr Onkel und sehr reich sei. Es tut ihr leid, dass er keinen DNA-Test haben will. Sie sagte, es gäbe noch eine Nichte, aber mit anderem Namen.

Wir haben uns geeinigt, dass ich sie nochmal anrufe, aber sie war nicht mehr erreichbar. Ich werde es noch versuchen, aber ich habe keine Hoffnung.

Was ist passiert mit Herrn Anwalt H.? Hat er schon etwas gemacht?

B. S."

Ich habe so geantwortet, als wenn ich mein Vertrauen nicht verloren hätte.

„Geehrte Frau B. S.!

Danke für Ihren Brief. Unsere Arbeit geht sehr langsam voran. Wir haben von meiner Mutter und Kusine die Äußerung bekommen, dass sie Herrn N. K. erkannt haben. Ebenso haben wir vom Kálloer Rathaus auch eine Bestätigung erhalten, dass Herr D. L., dessen Name ich trage, nicht mein Vater sein kann. Er war in der gefragten Zeit nicht in Kálló. Ab dem 12. Januar 1944 bis Oktober 1945 war er an der Front und in Gefangenschaft. Im Moment müssen wir die Dokumente übersetzen lassen und danach ans Gericht weiterleiten. Danwischen haben wir auch an Herrn N. K. geschrieben, natürlich ohne Antwort. Das Ganze wird mir langsam zu viel. Ich verstehe

Herrn N. K. nicht – ein Test wäre für die Klärung sehr einfach. Ich bedanke mich für Ihre Bemühungen. Wenn der liebe Gott es auch so will, kann ich es Ihnen vielleicht wiedergutmachen. Der Herr hat sicher Ziele mit uns, dass ich meinen Vater nach 60 Jahren kennenlernen dürfen.

Mit Freudlichen Grüssen Frau B. Marika"

Antwort von Frau B. S.

„Sehr geehrter Herr B!

Ich verstehe nicht ganz klar, was Sie geschrieben haben. Sie haben eine Bestätigung vom Kállóer Rathaus bekommen, dass Herr D. L. Ihr Vater ist oder nicht?

Wenn ich es richtig verstehe, hat Ihre Mutter seinen Namen D. L. als Vater angegeben.

In Deutschland muss sich die Mutter über die Person des Vaters äußern, wenn sie nicht in Ehe leben. Ich denke, es ist in Ungarn auch so.

Kann es nicht sein, dass Ihre Mutter und die Kusine N. K. mit jemandem verwechseln? Weil er jemandem ähnelt?

Ich bitte Sie, mich über die weiteren Entwicklungen zu benachrichtigen. Ich tue es ebenso und melde mich sofort.

Herzliche Grüße B. S."

Wir hatten auch an die Schriftstellerin D. K. geschrieben, mit der Bitte, uns zur Klärung des Falls eine Probe zu geben. Wir hatten an D. K. geschrieben, weil sie eine Verwandte von Herrn N. K. ist – ohne große Hoffnung auf Antwort, und es kam auch nichts.

In der Zwischenzeit machten wir uns Sorgen um die Gesundheit von Herrn E. R.

Er sagte, dass er nicht mehr viel schreiben will, aber wir wollten doch wissen, wie es ihm geht.

„Sehr geehrter Herr E. R!

Ich mache mir große Sorgen, weil Sie seit 2 Monaten nicht geschrieben haben. Ich denke täglich an Sie. Wie geht es Ihnen? Sie sind der einzige Mensch, den ich –wenn auch nur vom Foto – aus Deutschland kenne, und Sie sind ein aufrichtiger, ehrlicher Mensch.

Ob mein Vater auch so wäre – es macht mich schon krank.

Meine Ärztin meint, mein einziges Problem sei mein Vater. Ich spüre es in meinem Herzen ganz klar, dass er mein Vater ist, aber er will doch keine DNA-Untersuchung.

Ich habe vom kállóer Rathaus eine Bestätigung, dass D. L., dessen Name ich trage, von Januar 1944 bis Oktober 1945 im Krieg und in Gefangenschaft war. Ich bin am 30. Juli 1945 geboren; er kann gar nicht mein Vater sein.

Ich sehe Herrn N. K. ähnlich.

Lieber Herr R., sehen Sie das auch so?

Ich kann nicht begreifen, warum mein Vater sich nicht mit mir treffen will. Vielleicht denken seine Frau und die Familie, dass ich sein Vermögen will? Ich verstehe es nicht.

Am 30. dieses Monats werde ich 60 Jahre alt sein, was will ich noch vom Leben?

Ich habe eine wunderschöne Tochter und einen Sohn, ich habe keinen Bedarf an anderen Dingen.

Ich sehe es so, dass mein Vater keine Interesse hat. Lieber Herr R!

Wie ich schon gesagt habe, bin ich Ihretwegen besorgt. Ich bete auch für Sie zu meinem Gott.

Ich wünsche Ihnen gute Gesundheit, aus ganzem Herzen, Frau B. Marika"

Am selben Tag schickte ich auch Herrn N. K. einen Brief. Es mag sein, dass er alles ungelesen in den Papierkorb wirft. Aber die Neugier kann auch einmal gewinnen, und er wird einmal antworten.

„Mein lieber Vater!

Ich verstehe den Hass nicht, den Sie mir gegenüber verspüren. Sie sollten sich freuen, dass Sie von mir so eine schöne Familie bekommen. Ich habe kein hinterlistigen Gedanken.

Der liebe Gott weiß es.

Ich habe Ihnen schon geschrieben, dass D. L., dessen Name ich trage, von Januar 1944 bis Oktober 1945 im Krieg war. Es ist ausgeschlossen, dass er mein leiblicher Vater ist.

Ich bin am 30. Juli 1945 geboren. Meine Mutter sagte, sie war sehr froh, weil ich Ihnen ähnlich bin.

Spüren Sie nicht, dass wir das gleiche Blut haben? Ich spüre es 100 %ig, dass Sie mein Vater sind.

Das gleiche behauptet meine Mutter und auch meine Kusine. Ich spüre etwas Ähnliches aus den Briefen von Herrn E. R. heraus. Ein Bekannter hat über unseren Fall auch beim Wehrmachtsarchiv geredet, und er hat es so verstanden, dass Sie mein Vater sind.

Bald kommt die Zeit, dass alle Leute in Deutschland wissen werden, dass ein Held, der mit dem Eisernen Kreuz ausgezeichnet ist, N. K., Panzerkommandant, nicht in die Augen seiner Tochter sehen will, keine DNA-Untersuchung will.

Ich denke, das ist unehrlich von Ihnen.

Ich glaube andere Ausgezeichnete würden sich an Ihrer Stelle anders benehmen

Herr E. R. hat auch die andere Meinung.

Ich weiß nicht, was Sie denken? Glauben Sie, dass ich Sie berauben will? Ich werde bald 60 jahre alt sein. Ich habe eine wunderschöne Tochter und auch einen Sohn. Durch sie habe ich zwei Enkel und auch eine Enkelin. Was sollte ich noch vom Leben haben wollen?

Ich weine täglich, dass Sie so herzlos sind.

Wenn Sie so sicher sind, dass ich nicht Ihre Tochter bin, warum wagen Sie keine DNA-Untersuchung?

Sie sind schon auch 85 Jahre alt; eines Tages müssen Sie damit abrechnen, dass Sie Ihre Tochter verleugnen.

Ich muss täglich 12 Pillen schlucken. Es ist viel zu viel, aber von mir aus kann ich nicht mehr zur Ruhe kommen.

Ich frage Sie noch einmal: was wollen Sie? Niemand kann sein Vermögen mit ins Jenseits nehmen. Wenn Sie den Fall freiwilig nicht klären wollen, wünsche ich Ihnen trotzdem gute Gesundheit und Kraft.

Ihre Tochter Marika."

Meine arme Frau kann noch so viele rührende Briefe schicken, alles ist umsonst.

Es war der 25. Juli. Wir dachten ein Tag wie jeder andere, aber das war nicht so. Meine Schwiegermutter haben wir unregelmäßig besucht. Sie denkt manchmal mit Zorn an die Mama und deshalb lassen wir paar Tage aus. Danach gehen wir wieder täglich zu ihr. Sie war nicht weit von uns, die Piroskas wohnen in 200 m Entfernung von uns. Die Mama wohnt bei ihnen, in einem alleinstehenden kleinen Häusle, mit ihrem Sohn Gyula.

An diesem Tag sind wir am frühen Abend, um halb sechs, zu Besuch gegangen.

Mein Schwager, der Lajos, war schon von der Arbeit zu Hause gewesen. Ich ging zu ihm in das große Haus, nach meiner Frau nach hinten zur Mutter.

Normalerweise ist es immer so. Ich unterhalte mich mit dem Schwager, bis Marika bei ihrer Mutter ist.

Dieses Mal war es auch so.

„Józsi, Józsi", schrie Marika verzweifelt.

Ich lief Hals über Kopf runter, dann rein ins kleine Haus. Die Mama lag halbseitig auf dem Boden. Sie war ohnmächtig, hat sich nicht gerührt, nur schnell geatmet.

Ich hob sie auf und legte sie auf ihr Bett, wischte ihr die Stirn mit einem feuchten Tuch ab. Auf die Stirn legte ich ein anderes nasses Tuch.

„Mama, Mama!", rief ich ihr ins Ohr; sie gab kein Zeichen. Sie lag im Koma. Sie ist nicht mehr zu sich gekommen.

Wir hatten sofort den Arzt gerufen. Der Arzt hat sie untersucht und ohne Überzeugung ins Krankenhaus geschickt. Wir dachten, erst einmal müssen wir den Pfarrer holen. Er soll den letzten Segen geben. Inzwischen sind Ilonka, Sohn Pista, und die Enkels auch angekommen.

Als der Pfarrer den Segen gegeben hatte, ging er aus dem Haus. Ich begleitete ihn, ging dann zurück ins Haus und stand neben ihrem Bett.

Die Mama ist so leise gegangen, wie sie gelebt hat.

Nach dem Segen waren kaum 5 Minuten vorüber. Die Uhr zeigte 20 Uhr 20. Die Mama hat die Lösung des von ihr aufgegebenen Problems mit sich genommen.

Natürlich nur, wenn sie den Namen des Vaters von Marika kannte und ihn nicht verraten hat.

Sie hat alles mit sich genommen, was sie eventuell noch wissen konnte.

Am nächsten Tag, am Vormittag, rief ich Herrn N. K. an, um ihm die traurige Nachricht mitzuteilen. Er wusste sicher, dass ich ihn suche, weil er mich nicht zu Wort kommen ließ.

„Ich habe schon gesagt, dass Sie mich in Ruhe lassen sollen!" Und legte den Hörer auf.

Ich habe nicht mehr telefoniert, es hatte kein Sinn.

Zwei Tage später, am 27., dachte ich im Zusammenhang mit der Beerdigung, ich werde den Todesfall Herrn N. K. durch die Journalistin B. S. mitteilen lassen.

Ich suchte eine passende Karte und schrieb die folgenden Zeilen:

„Liebe Frau B. S!,

Wir möchten Sie bitten, die Nachricht über unseren traurigen Todesfall an Herrn N. K. weiter zu leiten. Ich wollte es persönlich mitteilen, aber er hat den Hörer aufgelegt. Die Mutter meiner Frau (meine Schwiegermutter) ist am 25. Juli um 20 Uhr 20 aus Gottes Willen verstorben.

Frau B. Marika und B. J."

Die Beerdigung war in Kálló, wo die Mutter auf ihren Wunsch neben ihren zweiten Mann, B. I., zur ewigen Ruhe beerdigt wurde. Gott sei ihr gnädig!

Nach ein paar Tagen dachte meine Frau, es wäre ihr eine Erleichterung, wenn sie an ihren Vater, an Herr N. K., schriebe.

„Mein Vater!

Als mein Mann Sie angerufen hat, haben Sie aufgelegt und ihm keine Gelegenheit gegeben, Ihnen alles zu sagen. Das ist bedauerlich. Er wollte nur die traurige Nachricht mitteilen, dass meine Mutter am 25. Juli um 20 Uhr 20 verstorben ist.

Ab jetzt bin ich ganz Waise!

Meine Mutter hat mir oft gesagt, dass sie mich deshalb liebt, weil ich so aussehe wie Sie, mein Vater. Sie sind leider ein herzloser Mensch. Ich weiß nicht, warum Sie mich nicht kennenlernen wollen. Es ist unmöglich und unverständlich, nur warum ist es so? Ich möchte nur die Wahrheit wissen, das kann nur eine DNA-Untersuchung aufklären.

Ihr Foto habe ich neben meiner Mutter in den Sarg gelegt. Sie sind so schon ein bisschen bei ihr.

Sie sind mein Vater, ein harter, ein herzloser Mann.

Neben dem Sarg habe ich gedacht, dass der Mensch in einem einzigen Kleidungsstück diese Welt verlässt.

Sie mein Vater! Sie werden es auch so tun. Sie können auch nichts ins Jenseits mitnehmen.

Vater! Ich bin böse auf Sie!

Trotz allem wünsche ich Ihnen, dass unser Gott mit Ihnen ist! Mein Herz liebt Sie, und es blutet für Sie.

Mit herzlichen Grüßen: Marika"

Ich denke, dieser Brief hat auch das gleiche Schicksal gehabt wie die früheren. Ich denke, das wäre bei Herrn E. R. nie so, aber das ist ein schwacher Trost.

Wir wussten, dass er krank ist, aber vom Tod der Mutter müssen wir ihm sagen. Wir schrieben auch ihm einen kurzen Brief.

„Sehr geehrter Herr R.!
Entschuldigen Sie, dass ich Sie störe. Ich möchte den Tod meiner Mutter mitteilen. Am 25. Juli um 20 Uhr 20 ist sie mit dem letzten Segen von uns gegangen.

Ich trauere um sie mit meinen vier Geschwistern. Die Beerdigung war in Kalló.

Es ist mir schon ein bisschen zu viel.

Wir haben meinen Vater angerufen, um das traurige Ereignis mitzuteilen, aber er hat den Hörer aufgelegt. Ich wünsche ihm, dass er in seinen letzten Stunden auch ohne Unterstützung ist.

Ein Foto von ihm habe ich in den Sarg zu meiner Mutter gelegt. Solange sie lebte, hat sie immer gefragt: „Hat dein Vater schon geschrieben?" Nein, war die Antwort, und wir haben gemeinsam geweint.

Nun bin ich ganz Waise geworden.

Habe keine Mutter, und mein Vater hält nicht zu mir.

Ich hoffe es werden in Deutschland alle Menschen wissen, was für ein Mensch N. K. in Wirklichkeit ist.

Ich bitte um Entschuldigung lieber Herr R., dass ich Sie gestört habe. Ich mache mir Sorgen wegen Ihrer Gesundheit, weil Sie so lange nicht geschrieben haben.

Ich wünsche Ihnen gute Gesundheit und viel Kraft! Ich grüße Sie aus vollem Herzen: Frau B. Marika."

Der Spruch „Richtige Freunde erkennt man in der Not." hat sich bewahrheitet – Herr E. R. hat es wieder einmal bewiesen. Trotz seiner Krankheit hat er sofort geantwortet.

„Sehr geehrte Frau B!
Die Nachricht war für mich auch sehr traurig, dass Ihre Mutter gestorben ist.

Nehmen Sie mein herzliches Beileid, die Sache kann man leider nicht vermeiden. Sie werden durch Ihre Familie den Trost und die Ruhe wieder finden.

Dass Ihr Vater Sie nicht anhören wollte, zeigt seinen Charakterfehler. Ich hatte im Krieg nicht gedacht, dass ich einen solchen Mensch neben mir habe. Was er macht, ist unglaublich, aber ich kann behaupten, dass in meinem Volk wenige solche Menschen sind.

Ich kann nur sagen, dass die DNA Untersuchung die Lösung sein wird. Egal was passieren wird, es soll auf Ihr weiteres Schicksal keinen Schatten werfen.

Leider ist es mit meiner Gesundheit schlimmer geworden; ich muss oft meinen Arzt konsultieren.

Zuletzt muss ich mich auch damit abfinden, dass ich langsam auch 86 Jahre alt werde. Das Schreiben fällt mir schwer, deshalb muss ich – schweren Herzens – meine Briefpartner bitten, mir nicht mehr zu schreiben. Ich kann ausdrücklich sehr schwer antworten.

Ich wünsche alles Gute und verabschiede mich: E. R."

Nach diesem Brief haben wir uns entschieden, an E. R. nur zu schreiben, was er unbedingt wissen muss.

Meine Rente, und auch die meiner Frau ist so niedrig, dass wir uns an meine Tochter wandten mit der Bitte, uns etwas zu unterstützen. Sie haben gesehen, dass wir nicht vorwärts kommen, und meine Frau kann nicht so lange krank sein, bis der DNA-Test Klarheit schafft in Bezug auf ihren Vater.

In der Stadt, in der N. K. lebt, haben wir eine Familienrechtsanwältin gefunden.

Dr. D. K. P.-t. Ihr Büro ist international, also sprechen sie auch Französisch. Wir hatten alle Dokumente an unsere Tochter geschickt.

Sie haben versprochen, mit der Lösung des Falls zu beginnen. Wir hoffen, dass sie etwas tun können, aber mit unserer Forschung haben wir nicht aufgehört.

So bin ich zu bestimmten Daten gekommen, die Prof. E. R. erwähnt hatte – dass Hauptmann G. F. neben Hatvan als Unterkommandant der Panzerdivision gekämpft hatte. In dieser Position war er unmittelbar mit N. K. zusammen. So kann man sich vorstellen, dass er über die damaligen Geschehnisse mehr weiß, vorausgesetzt, er lebt noch.

Ich habe nachgeforscht und herausbekommen, dass er auch das Eiserne Kreuz erhalten hat, und heute 91 Jahre alt ist.

Herr E. R. hat über ihn, mit großer Ehre geschrieben, so denke ich er steht mit ihm in Verbindung oder kennt seine Adresse.

Wir sandten einen kurzen Brief an E. R.:

„Sehr geehrter Herr Professor R.!
Entschuldigung, dass wir Sie mit unserem Brief wieder stören. Wir haben Daten gefunden, wonach der von Ihnen genannte Hauptmann G. F. ganz sicher an den Kämpfen der 23. Division neben Hatvan teilgenommen hat. Man kann vermuten, dass er als unmittelbarer Kamerad von N. K. vielleicht mehr über die damaligen Geschehnisse weiß. Wir möchten ihm nur paar Fragen stellen. So bitten wir Sie, Herr Professor, uns die Adresse von G. F. zu geben.

Wir wünschen Ihnen gute Gesundheit, und wir wünschen Ihnen alles Gute:
„Marika"

Der Herr Professor hat in seinen Briefen von F. nur den Familiennamen erwähnt und so mussten wir nach dem Nachnamen suchen.

Der Professor hat über ihn nur hervorrrangede Sachen gesagt, so haben wir gedacht, dass seine Taten so außerordentlich gut waren, dass man darüber irgendwo Spuren finden kann. Und das war auch so.

Der Kommandant wurde mit dem Eisernen Kreuz ausgezeichnet. Das haben wir schnell herausgefunden.

Auf unseren Brief kam eine schnelle Antwort.

Kommandant F. schrieb in den Kämpfen um Hatvan sei er nie mit N. K. zusammen gewesen. Seine Antwort las sich wie ein offizieller Brief. Er hat nur die Hauptsache mitgeteilt ohne Einzelheiten.

In einem Internet-Rechtschutzforum baten wir um Beratung. Dr. M. J. hat geantwortet, und wir sollten ihn anrufen. Er sagte, dass Ungarn zur EU gehört und wir so von Ungarn aus die Anklage erlassen können.

Meine Frau muss in Kálló nach den bisherigen Dokumenten die Vaterschaft von D. L. einstellen lassen, weil er von 1944 bis Juli 1945 im Frontdienst gewesen war und nicht ihr Vater sein konnte. Gleichzeitig dürfen wir Herrn N. K. vorladen, aufgrund der Äußerungen, die Mutter und Kusine, dass sie ihn auf dem Foto erkannt haben, als Zeuge und als vermutigter Vater.

Anwalt M. hat vorgeschlagen, nach Deutschland zu fahren und Herrn N. K. zu dem DNA-Test zu überreden, wenn er den Auftrag meiner Frau erhalten hat.

Leider konnte meine Frau aus Gewissensgründen den Namen ihres Ziehvaters nicht ablegen, weil er sie als eigene Tochter angenommen und geliebt hat.

Hier bekam unser Fall einen Knick. Es ist der 10. September 2006.

ENDE DES ERSTEN TEILS

Zeitfracht Medien GmbH
Ferdinand-Jühlke-Straße 7
99095 Erfurt, Deutschland
produktsicherheit@kolibri360.de